黒石住吉神社の岩神として祀られている自然巨岩。高さ約1.8ｍ、幅約３ｍ余り（2018年６月撮影）

黒石住吉神社の参道

兵庫県丹波篠山市今田町黒石にある黒石住吉神社の狛犬（2018年撮影）

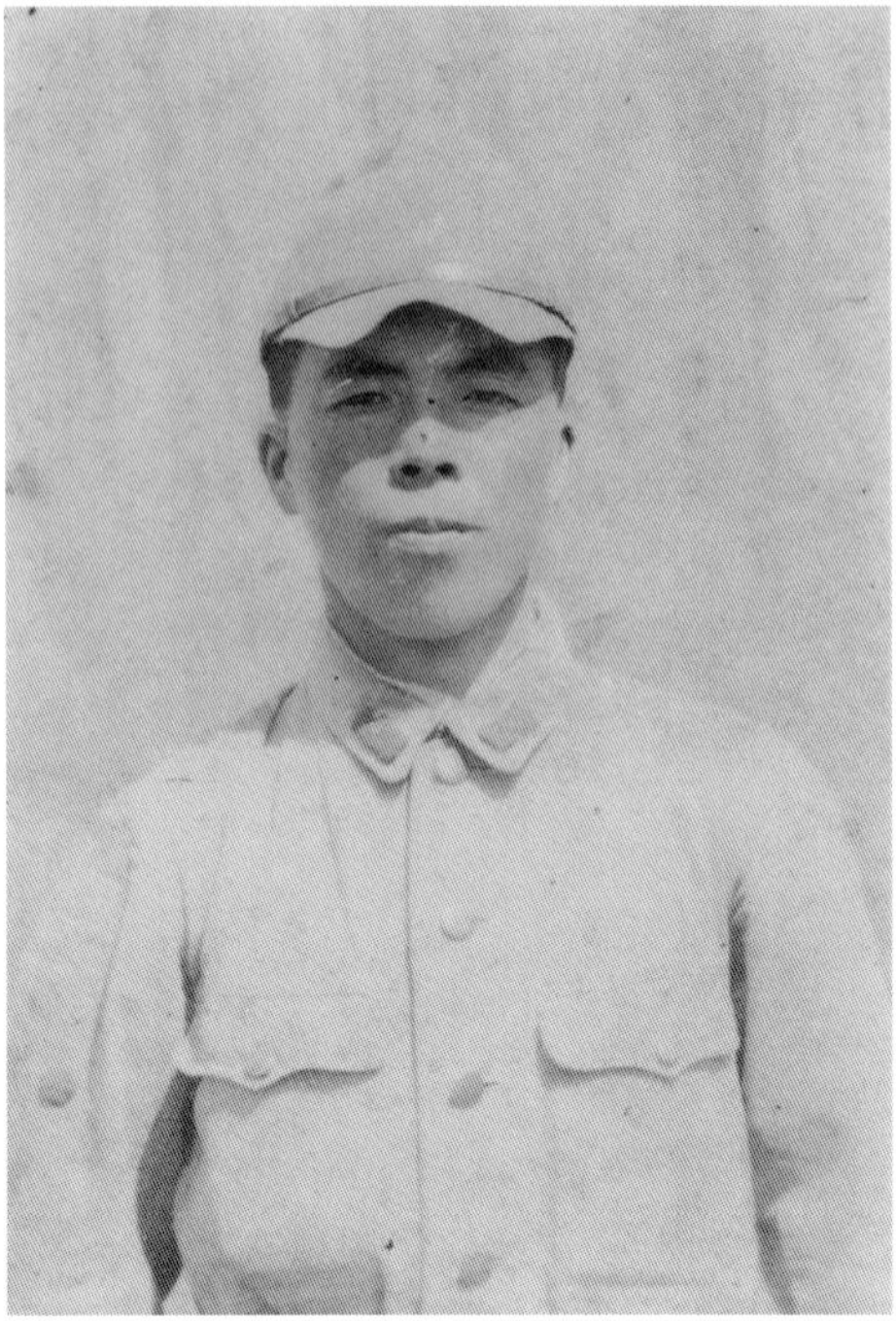

父　藤本　武　享年35才

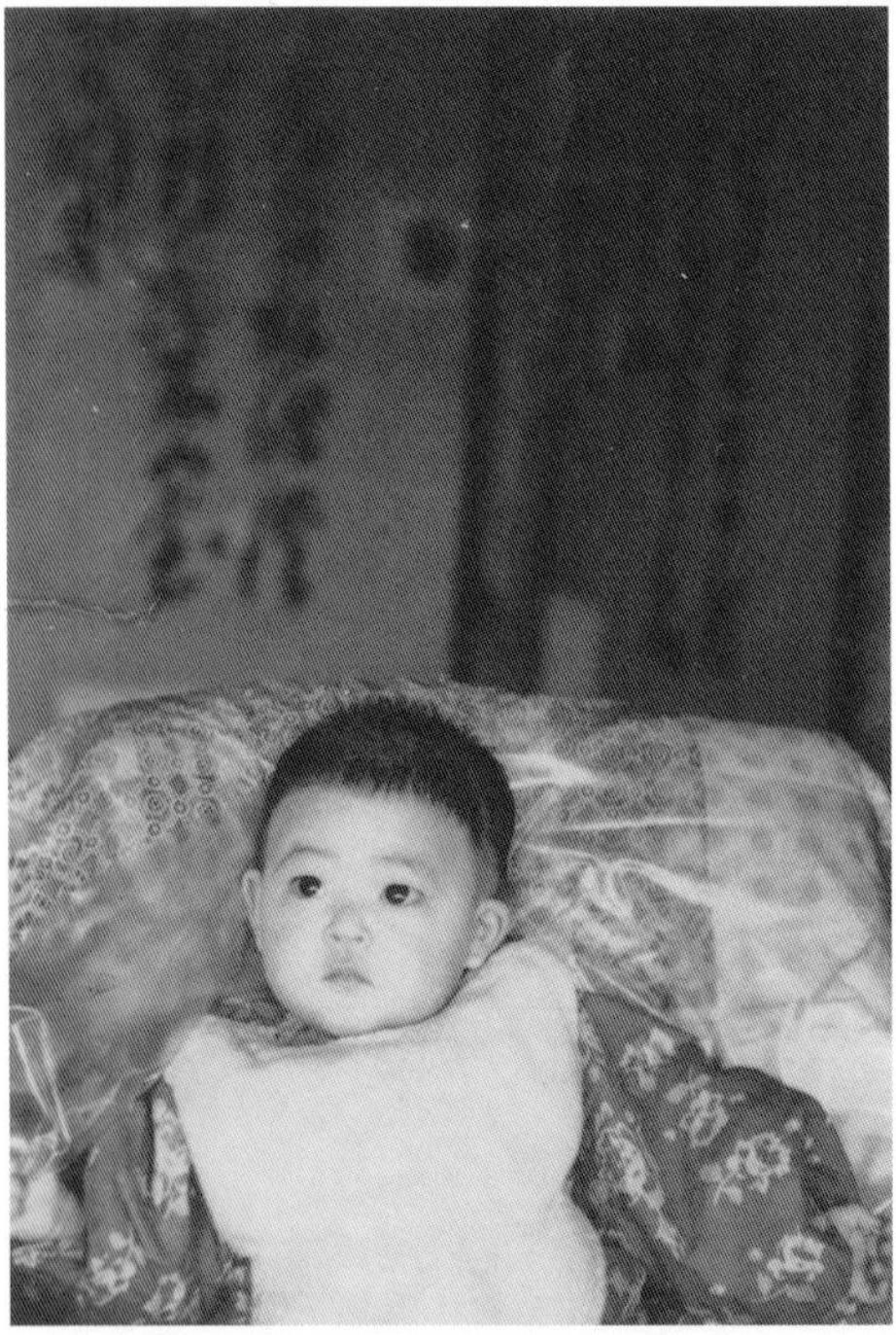

娘　順子　1才

今田本荘保育所（1990年撮影）

今田小学校旧黒石分校（2006年撮影）

ゆめこシリーズ

想い出の走馬燈

おもいでのそうまとう

文《ぶん》・絵《え》・朗《ろう》読《どく》　ふじもと じゅんこ

前栽の樫の木

文芸社

私《わたし》が物語《ものがたり》を書《か》くことに※目覚《めざ》めた瞬間《しゅんかん》は、蛙《かえる》の鳴《な》き声《ごえ》でした。

遡《さかのぼ》ること今《いま》から二十年前《にじゅうねんまえ》、四十三才《よんじゅうさんさい》の私《わたし》は極寒《ごっかん》の日《ひ》の夜《よる》、暖房器具《だんぼうきぐ》がない部屋《へや》でひとり、パソコンに向《む》かって文《ふみ》を※認《したた》めていました。

その時《とき》、不思議《ふしぎ》なことに、幼《おさな》かった頃《ころ》の自分《じぶん》の耳《みみ》に響《ひび》いた蛙《かえる》の鳴《な》き声《ごえ》が聞《き》こえてきた※ような錯覚《さっかく》を覚《おぼ》えたのです。そしてその蛙《かえる》の鳴《な》き声《ごえ》は、私《わたし》の※脳裏《のうり》に刻《きざ》まれた故郷《ふるさと》の懐《なつ》かしい景色《けしき》や、幼《おさな》い頃《ころ》の思《おも》い出《で》をいっぱい運《はこ》んできました。

その思《おも》い出《で》が※走馬燈《そうまとう》のように私《わたし》の脳裏《のうり》を駆《か》け巡《めぐ》り始《はじ》めた時《とき》、私《わたし》は思《おも》わずペンを走《はし》らせました。

遠《とお》い昔《むかし》の、ぞくぞくした喜《よろこ》びや楽《たの》しさ、また、恐《おそ》れや※嘆《なげ》きを、いつやら見《み》た時《とき》のままに、その時《とき》の心《こころ》のままに、その時《とき》の心《こころ》に感《かん》じたものを書《か》きとめました。

目覚《めざ》める＝ひそんでいた感情《かんじょう》が働《はたら》き出《だ》す　認《したた》める＝書《か》き記《しる》す
…ような錯覚《さっかく》を覚《おぼ》える＝まるですぐ側《そば》で蛙《かえる》が鳴《な》いているかのように感《かん》じるさま
脳裏《のうり》＝頭《あたま》の中《なか》
走馬燈《そうまとう》＝回転《かいてん》するにつれて、影絵《かげえ》がまわるように見《み》えるまわりどうろう
嘆《なげ》き＝悲《かな》しむこと

もくじ

ゆめこシリーズ　想《おも》い出《で》の走馬燈《そうまとう》

文《ぶん》・絵《え》・朗読《ろうどく》　ふじもとじゅんこ

※この本《ほん》には、本書《ほんしょ》「想《おも》い出《で》の走馬燈《そうまとう》」のほか、ゆめこシリーズの作品《さくひん》を朗読《ろうどく》したCD-ROMが付《つ》いています。これはパソコンでは再生《さいせい》できますが、CD、DVDデッキ等《など》では再生《さいせい》できません。ご了解願《りょうかいねが》います。

プロローグ

この物語《ものがたり》の登場人物《とうじょうじんぶつ》は※仮名《かめい》です。

この物語《ものがたり》は、昭和中頃《しょうわなかごろ》の生活《せいかつ》を※背景《はいけい》に、『空《そら》を飛《と》べなかったツバメ』と『ほっこりするね』の登場人物《とうじょうじんぶつ》、ゆめこの幼少期《ようしょうき》から成人式《せいじんしき》を迎《むか》える日《ひ》までを描《えが》いたものです。

ゆめこは昭和三十二年一月十一日《しょうわさんじゅうにねんいちがつじゅういちにち》に、曽良野家《そらのけ》の三女《さんじょ》として兵庫県多紀郡今田町《ひょうごけんたきぐんこんだちょう》で生《う》まれました。

ゆめこの母《はは》は自宅出産《じたくしゅっさん》で、※助産婦《じょさんぷ》でもない父方《ちちかた》の祖母《そぼ》が、※長年《ながねん》の勘《かん》で※赤子《あかご》のゆめこを取《と》り上《あ》げました。

しかし、母体《ぼたい》から出《で》てきた赤子《あかご》は※羊膜《ようまく》に包《つつ》まれたままだったのです。

仮名《かめい》＝仮《かり》につけた名前《なまえ》
背景《はいけい》に＝その時代《じだい》における周囲《しゅうい》のありさま
助産婦《じょさんぷ》＝出産《しゅっさん》の手助《てだす》け専門《せんもん》の人《ひと》。現在《げんさい》は助産師《じょさんし》
長年《ながねん》の勘《かん》＝長《なが》い間《あいだ》の経験《けいけん》から直感的《ちょっかんてき》に判断《はんだん》する心《こころ》の働《はたら》き
赤子《あかご》を取《と》り上《あ》げる＝出産《しゅっさん》の手助《てだす》け
羊膜《ようまく》＝子宮内《しきゅうない》で胎児《たいじ》をつつむ半透明《はんとうめい》の薄《うす》い膜《まく》

その赤子《あかご》の姿《すがた》に驚《おどろ》いた祖母《そぼ》は、※とっさにその羊膜《ようまく》を引《ひ》きちぎりました。

すると、※その瞬間《しゅんかん》、赤子《あかご》は大《おお》きな※産声《うぶごえ》をあげたのです。

祖母《そぼ》は※安《あん》どの表情《ひょうじょう》を浮《う》かべ、

「よう助《たす》かったこっちゃ、よう助《たす》かったこっちゃ。よかったなぁ、よかったなぁ」と言《い》いながら、家族《かぞく》みんなで喜《よろこ》びを分《わ》かち合《あ》いました。


その後《ご》、祖母《そぼ》は孫三人《まごさんにん》を※殊《こと》の外《ほか》かわいがって暮《く》らしていましたが、前々《まえまえ》から※患《わずら》っていた※病気《びょうき》が重《おも》くなり、ゆめこの一才《いっさい》の誕生日《たんじょうび》を前《まえ》にした元旦《がんたん》の朝《あさ》、静《しず》かに※息《いき》を引《ひ》き取《と》りました。

そして、祖母《そぼ》が※他界《たかい》してから、一緒《いっしょ》に住《す》んでいたゆめこの叔母《おば》や叔父《おじ》は、生活《せいかつ》の負担《ふたん》にならぬようにと別住《べつず》まいをして※生計《せいけい》を立《た》てたので、ゆめこの家《か》族《ぞく》は父《ちち》の武《たけし》、母《はは》の多美恵《たみえ》、長女《ちょうじょ》の幸子《さちこ》、次女《じじょ》の愛子《あいこ》、三女《さんじょ》のゆめこの五人《ごにん》になりました。

とっさに＝すぐに。ただちに　その瞬間《しゅんかん》＝その時《とき》
産声《うぶごえ》＝生《う》まれたとき初《はじ》めて出《だ》す声《こえ》　安《あん》どの表情《ひょうじょう》＝安心《あんしん》した顔《かお》
殊《こと》の外《ほか》＝この上《うえ》もなく。とても　患《わずら》う＝病気《びょうき》になる
病気《びょうき》が重《おも》くなる＝病気《びょうき》が悪《わる》くなる
息《いき》を引《ひ》き取《と》る＝亡《な》くなること、死《し》ぬこと
他界《たかい》＝死《し》ぬこと　生計《せいけい》を立《た》てた＝自立《じりつ》して生活《せいかつ》すること

ゆめこ一才《いっさい》

1　極寒《ごっかん》の出来事《できごと》

時《とき》は昭和《しょうわ》三十三年一月半《さんじゅうさんねんいちがつなか》ば……。

三女《さんじょ》のゆめこは、※瀕死《ひんし》の状態《じょうたい》から※生還《せいかん》したことがありました。

それは、ゆめこが一才《いっさい》の誕生日《たんじょうび》を迎《むか》えて一週間後《いっしゅうかんご》の、雪《ゆき》がちらつく※極寒《ごっかん》の日《ひ》の出来事《できごと》でした。

この日《ひ》は、部屋《へや》の中《なか》にいても顔《かお》が※強張《こわば》るぐらい※凍《い》てつき、吐《は》いた息《いき》が白《しろ》くなるほどの厳《きび》しい寒《さむ》さでした。

お父《とう》さんは昨夜《さくや》から※体調《たいちょう》が悪《わる》かったので、この日《ひ》、朝早《あさはや》く病院《びょういん》に行《い》って留守《るす》でした。

午前十時《ごぜんじゅうじ》を回《まわ》った頃《ころ》、お母《かあ》さんは用事《ようじ》があったので、寝《ね》かしつけたゆめこをひとり家《いえ》に残《のこ》し、長女《ちょうじょ》の幸子《さちこ》と次女《じじょ》の愛子《あいこ》を連《つ》れて近所《きんじょ》の家《いえ》に出《で》かけまし

瀕死《ひんし》＝死《し》にかかっていること
生還《せいかん》＝危《あぶ》ない目《め》にあって生《い》き返《かえ》ること
極寒《ごっかん》＝非常《ひじょう》に寒《さむ》いこと
強張《こわば》る＝固《かた》くひきつる
凍《い》てつく＝こおりつく
体調《たいちょう》＝からだの調子《ちょうし》

た。

その後《ご》、一時間余《いちじかんあま》りの間《あいだ》に起《お》こった出来事《できごと》が、ゆめこの※運命《うんめい》を変《か》えたのです。

ゆめこは、重《おも》い綿布団《わたぶとん》にくるまって、すやすやと寝息《ねいき》をたてて眠《ねむ》っていました。

※眠《ねむ》りについたゆめこの※頬《ほお》は、まるでリンゴのように真《ま》っ赤《か》でした。

この頃《ころ》、眠《ねむ》る時《とき》の暖房器具《だんぼうきぐ》といえば、炭火《すみび》を入《い》れた※やぐらごたつでした。

その、やぐらごたつの炭火《すみび》が消《き》えていたのも知《し》らずに、お母《かあ》さんはゆめこを寝《ね》かせたまま、出《で》かけてしまったのです。

運命《うんめい》＝めぐりあわせ
眠《ねむ》りについた＝眠《ねむ》り始《はじ》めて時間《じかん》があまりたっていない頃《ころ》
頬《ほお》＝ほっぺた
やぐらごたつ＝布団《ふとん》をかけて暖《だん》をとる暖房器具《だんぼうきぐ》

そして、一時間《いちじかん》が過《す》ぎた頃《ころ》……。

お母《かあ》さんは、お姉《ねえ》ちゃんたちを連《つ》れて、急《いそ》いで家《いえ》に戻《もど》ってきました。

家《いえ》ではゆめこが目《め》を覚《さ》まして泣《な》きじゃくっているものだとお母《かあ》さんは思《おも》っていました。

でも、ゆめこを寝《ね》かしつけた部屋《へや》から泣《な》き声《ごえ》は聞《き》こえず、家《いえ》の中《なか》は※森閑《しんかん》としていたのです。

この瞬間《しゅんかん》、お母《かあ》さんは、※妙《みょう》に※胸騒《むなさわ》ぎがしました。

あわてたお母《かあ》さんは玄関《げんかん》に※入《はい》るや否《いな》や、履《は》いていた靴《くつ》を荒々《あらあら》しく脱《ぬ》ぎ捨《す》て、※一目散《いちもくさん》にゆめこを寝《ね》かしつけた部屋《へや》へ駆《か》け込《こ》みました。

やぐらごたつ

森閑《しんかん》＝ひっそりと静《しず》まり返《かえ》っている様子《ようす》
妙《みょう》に＝不思議《ふしぎ》に
胸騒《むなさわ》ぎ＝なんとなく悪《わる》いことが起《お》こっているように思《おも》うこと
入《はい》るや否《いな》や＝入《はい》ってすぐに
一目散《いちもくさん》＝必死《ひっし》に、まっしぐら。わきめもふらず向《む》かうようす

そして、お母《かあ》さんは、ゆめこの顔《かお》を見《み》て※驚愕《きょうがく》のあまり※身震《みぶる》いしました。

目《め》を閉《と》じたままのゆめこの顔《かお》は血《ち》の気《け》が引《ひ》いていて白《しろ》く、唇《くちびる》は濃《こ》い紫色《むらさきいろ》になっていたのです。

この時《とき》、お母《かあ》さんは、ゆめこの息《いき》を確《たし》かめもせず、とっさに洋服《ようふく》を脱《ぬ》いで薄着《うすぎ》になり、ゆめこを抱《だ》き抱《かか》え、体《からだ》をぴったりとくっつけて、布団《ふとん》の中《なか》で冷《ひ》え切《き》ったゆめこの体《からだ》を自分《じぶん》の体温《たいおん》で必死《ひっし》になって温《あたた》めました。

そして、お母《かあ》さんは、ゆめこの名前《なまえ》を大声《おおごえ》で叫《さけ》びながら、手《て》の平《ひら》で、ゆめこの背中《せなか》や手足《てあし》を※死《し》にもの狂《ぐる》いで強《つよ》く擦《こす》りました。

お母《かあ》さんの※表情《ひょうじょう》は強張《こわば》っていました。

驚愕《きょうがく》＝非常《ひじょう》に驚《おどろ》くこと
身震《みぶる》い＝恐《おそ》ろしさのあまり体《からだ》が震《ふる》えること
死《し》にもの狂《ぐる》い＝力《ちから》のかぎりをつくして必死《ひっし》でがんばること
表情《ひょうじょう》が強張《こわば》る＝心《こころ》持《も》ちがしっかりした強《つよ》い感情《かんじょう》を持ったきつい顔《かお》つき

母《はは》「ゆめちゃん、起《お》きてぇ!!　起《お》きて!　起《お》きて!!
ゆめちゃん、起《お》きてぇ!!　起《お》きて!　起《お》きて!!」

そして、お母《かあ》さんがゆめこを抱《だ》きかかえてから僅《わず》か一分《いっぷん》ほど経《た》った頃《ころ》でしょうか。

ゆめこが突然《とつぜん》、目《め》を覚《さ》ましました。

その瞬間《しゅんかん》、ゆめこは、うなるように泣《な》き始《はじ》めました。

お母《かあ》さんは、その声《こえ》を聞《き》いて、嬉《うれ》しさの余《あま》りゆめこを思《おも》いっ切《き》り抱《だ》きしめていました。

低体温症《ていたいおんしょう》＝寒《さむ》さで体温《たいおん》が上《あ》がらなくなり、死《し》に至《いた》ることもある症状《しょうじょう》

命《いのち》を落《お》とす＝死《し》ぬこと

九死《きゅうし》に一生《いっしょう》を得《え》る＝危《あぶ》なく死《し》にそうになった命《いのち》が助《たす》かること

みんなが家《いえ》に帰《かえ》って来《く》る時間《じかん》がもう少《すこ》し遅《おそ》かったら、幼《おさな》いゆめこは寒《さむ》さのあまり、※低体温症《ていたいおんしょう》で※命《いのち》を落《お》としていたかもしれなかったのです。

まさに※九死《きゅうし》に一生《いっしょう》を得《え》る出来事《できごと》でした。

母《はは》「お母《かあ》さんが悪《わる》かったなぁ、お母《かあ》さんが悪《わる》かったなぁ、お母《かあ》さんが悪《わる》かった、悪《わる》かった、ゆめちゃん、悪《わる》かったなぁ、ゆめちゃん、ごめんな、ゆめちゃん、ごめんな」

お母《かあ》さんは何度《なんど》も何度《なんど》も謝《あやま》りながら、※手際《てぎわ》よく、毛糸《けいと》の※おくるみをゆめこの体《からだ》に巻《ま》き付《つ》け、自分《じぶん》も素早《すばや》く※厚手《あつで》の服《ふく》を着《き》ました。

そして、ゆめこをおんぶ紐《ひも》でおんぶし、綿入《わたい》りの※ねんねこを上《うえ》から※羽《は》織《お》って、やぐらごたつの火《ひ》を確《たし》かめました。

すると、お母《かあ》さんの予想通《よそうどお》り、やぐらごたつに温《ぬく》もりはなく、こたつの※陶《とう》器《き》は冷《ひ》え切《き》っていました。

手際《てぎわ》よく＝素早《すばや》くて完璧《かんぺき》な手《て》つき
おくるみ＝赤《あか》ん坊《ぼう》の衣服《いふく》の上《うえ》に着《き》せる寒《さむ》さを防《ふせ》ぐもの
厚手《あつで》＝分厚《ぶあつ》い
ねんねこ＝子《こ》どもを背負《せお》う時《とき》に着《き》る上着《うわぎ》
羽織《はお》る＝着《き》る
陶器《とうき》＝粘土《ねんど》で作《つく》った焼《や》きもの

母《はは》「よう生《い》きとってくれたなぁ、ゆめちゃん。よう生《い》きとってくれたなぁ」
お母《かあ》さんは嬉《うれ》し涙《なみだ》が止《と》まりませんでした。
ゆめこは、いつのまにか泣《な》き止《や》んでいました。
幸子《さちこ》「こたつ、冷《つめ》たくなってたん？　お母《かあ》さん」
母《はは》「そうやねん、こたつの火《ひ》が消《き》えてしまってたからなぁ」
幸子《さちこ》「ゆめちゃん、寒《さむ》かったやろなぁ？」
母《はは》「そやな、ゆめちゃん、よくがんばってくれたなぁ」
愛子《あいこ》「お母さん、お腹空《なかす》いたぁ～」
母《はは》「そやな、もうお昼《ひる》やな。ゆめちゃんに温《あたた》かい※お粥《かゆ》さん作《つく》るから、あっこもさっちゃんも、一緒《いっしょ》にお粥《かゆ》さん食《た》べよかぁ」
幸子《さちこ》・愛子《あいこ》「うん」
お母《かあ》さんは※涙《なみだ》ぐみながら、息《いき》を詰《つ》まらせるようにしゃべりました。

お粥《かゆ》＝水《みず》を多《おお》くして米《こめ》を柔《やわ》らかく炊《た》いたもの
涙《なみだ》ぐむ＝涙《なみだ》を目《め》にためる

そして、※炊事場《すいじば》に立《た》って、みんなに食《た》べさせるお粥《かゆ》を作《つく》り始《はじ》めました。

お母《かあ》さんにおんぶされているゆめこの頬《ほお》や唇《くちびる》は、※次第《しだい》に赤《あか》みが戻《もど》ってきました。

※そうこうしているうちに、お父《とう》さんが病院《びょういん》から家《いえ》に帰《かえ》ってきました。

父《ちち》「ただいまー」

幸子《さちこ》・愛子《あいこ》「お父《とう》さん、お帰《かえ》りなさーい」

母《はは》「お帰《かえ》りなさい」

お母《かあ》さんは、お父《とう》さんが※帰《かえ》るや否《いな》や、さっき起《お》こった出来事《できごと》の※一部始終《いちぶしじゅう》を※包《つつ》み隠《かく》さずお父《とう》さんに話《はな》しました。

お父《とう》さんは、その話《はなし》を聞《き》いて驚《おどろ》きましたが、お母《かあ》さんを※責《せ》めたりしませんでした。

炊事場《すいじば》＝台所《だいどころ》　次第《しだい》に＝だんだんと

そうこうしているうちに＝あれやこれやとしているうちに

帰《かえ》るや否《いな》や＝帰《かえ》ってすぐに

一部始終《いちぶしじゅう》＝始《はじ》めから終《お》わりまで

包《つつ》み隠《かく》さず＝黙《だま》って秘密《ひみつ》にしないこと

責《せ》めない＝叱《しか》らない。説教《せっきょう》しない

お父《とう》さんは、少《すこ》し※深刻《しんこく》な顔《かお》をしていましたが、おんぶされているゆめこの顔《かお》を覗《のぞ》き込《こ》み、笑顔《えがお》になりました。

父《ちち》「ゆめ、ゆめのほっぺは真《ま》っ赤《か》やなぁ。おっ、鼻水《はなみず》が出《で》とるぞ！」

そう言《い》うと、お父《とう》さんは、腰《こし》に引《ひ》っ掛《か》けている※手拭《てぬぐ》いをひょいと引《ひ》き抜《ぬ》いて、ゆめこの鼻水《はなみず》をそっと※拭《ぬぐ》ってやりました。

母《はは》「お粥《かゆ》さんできたでぇ！　できた！　できた！　みんなの食《た》べるお粥《かゆ》さん、できたでぇ！」

お母《かあ》さんは、お粥《かゆ》が出来上《できあ》がったので、ゆめこを座布団《ざぶとん》の上《うえ》に下《お》ろそうと、おんぶ紐《ひも》をほどき始《はじ》めました。

すると、お父《とう》さんがお母《かあ》さんの後《うし》ろ側《がわ》に回《まわ》って、ゆめこをひょいと抱《だ》き上《あ》げました。

深刻《しんこく》な顔《かお》＝非常《ひじょう》に重大《じゅうだい》な出来事《できごと》に出《で》くわして顔《かお》を曇《くも》らす
手拭《てぬぐ》い＝手拭《てふ》き用《よう》の木綿《もめん》の布《ぬの》
拭《ぬぐ》う＝拭《ふ》き取《と》る

そして、お父《とう》さんは顔《かお》をしわくちゃにしてゆめこに※頬《ほお》ずりしました。
父《ちち》「ゆめ、※まんま食《た》べよか？　まんまやで。まんま、おいしい、おいしい、しよか？」
するとゆめこは、小《ちい》さな口《くち》をモグモグさせて、食《た》べる真似《まね》をしました。
父《ちち》「そうか、そうか、まんま食《た》べよな、ゆめ。おいしい、おいしい、しよな」
そのそばでは、幸子《さちこ》と愛子《あいこ》がお茶碗《ちゃわん》とスプーンを戸棚《とだな》から出《だ》して、手伝《てつだ》いをしていました。
父《ちち》「おっ、幸《さち》も、愛《あい》も、お母《かあ》さんの手伝《てつだ》いしとるんかぁ。えらいなぁ」
幸子《さちこ》・愛子《あいこ》「うん」

頬《ほお》ずり＝頬《ほお》を相手《あいて》の頬《ほお》にすり寄《よ》せること
まんま＝ごはん

父《ちち》「ほな、みんなでいただこかぁ。はい、手《て》を合《あ》わせましょう」
みんな「いただきまーす」
父《ちち》「お母《かあ》さんが作《つく》ってくれたお粥《かゆ》さん、おいしなぁ。おいしい、おいしい」
家族《かぞく》五人《ごにん》揃《そろ》っての楽《たの》しい昼食《ちゅうしょく》です。
お父《とう》さんの膝《ひざ》の上《うえ》に座《すわ》るゆめこがいます。
ゆめこ「まんま…　まんま…　まんまんま…」
　ゆめこのかわいい声《こえ》が、お父《とう》さんとお母《かあ》さんの心《こころ》を※心底《しんそこ》、※癒《いや》してくれました。

心底《しんそこ》＝心《こころ》の奥深《おくふか》くから
癒《いや》して＝心《こころ》が楽《らく》になって温《あたた》かくなること

お父《とう》さんが天国《てんごく》に旅立《たびだ》つ

この何《なん》でもないありふれた日常《にちじょう》の幸《しあわ》せが、ずっと続《つづ》いていくと誰《だれ》もが思《おも》っていました。

でも、その幸《しあわ》せが、※この日《ひ》を境《さかい》に音《おと》を立《た》てて崩《くず》れていきました。

お父《とう》さんの病気《びょうき》が日《ひ》に日《ひ》に重《おも》くなり、家《いえ》で※養生《ようじょう》していたお父《とう》さんは、※ついに隣町《となりまち》の病院《びょういん》に入院《にゅういん》することになりました。

しかし、入院《にゅういん》しても※病状《びょうじょう》は一向《いっこう》に回復《かいふく》せず、手当《てあ》ての※甲斐《かい》もなく、お父《とう》さんは昭和《しょうわ》三十三年《さんじゅうさんねん》十一月《じゅういちがつ》二十九日《にじゅうくにち》、息《いき》を引《ひ》き取《と》りました。

病室《びょうしつ》に運《はこ》び込《こ》まれた酸素《さんそ》ボンベが、病状《びょうじょう》の※急変《きゅうへん》を※物語《ものがた》っていました。

病室《びょうしつ》の窓《まど》から見《み》える街並《まちな》みに一《ひと》つ、二《ふた》つと明《あ》かりが灯《とも》る夕暮《ゆうぐ》れ時《どき》、お父《とう》さんは三十《さんじゅう》五才《ごさい》の若《わか》さで三人《さんにん》の子供《こども》と妻《つま》を残《のこ》して、天国《てんごく》に旅立《たびだ》ったのです。

この日《にち》を境《さかい》に音《おと》を立《た》てて崩《くず》れていく＝これまでの幸《しあわ》せが消《き》えていく
養生《ようじょう》＝病気《びょうき》が治《なお》るように体《からだ》を大切《たいせつ》にすること　　ついに＝とうとう
病状《びょうじょう》が一向《いっこう》に回復《かいふく》せず＝病気《びょうき》がぜんぜん良《よ》くならない
甲斐《かい》もなく＝したことについてのききめ、効果《こうか》がない
急変《きゅうへん》＝急《きゅう》にようすが変《か》わること
物語《ものがた》る＝ある事実《じじつ》をはっきり示《しめ》す

それは、ゆめこが一才十《いっさいじゅっ》か月《げつ》の時《とき》でした。

「二度《にど》あることは三度《さんど》ある」という※諺《ことわざ》があります。

ゆめこの祖母《そぼ》が亡《な》くなった同《おな》じ年《とし》に、お父《とう》さんは亡《な》くなりました。

だから、お父《とう》さんのお葬式《そうしき》には、そんな諺《ことわざ》から不幸《ふこう》が続《つづ》かないようにと、※棺《ひつぎ》に※一体《いったい》の人形《にんぎょう》が一緒《いっしょ》に※葬《ほうむ》られました。

幼《おさな》い子供《こども》を残《のこ》し、若《わか》くして天国《てんごく》に旅立《たびだ》ったお父《とう》さんのお葬式《そうしき》は、多《おお》くの※参列者《さんれつしゃ》の※涙《なみだ》を誘《さそ》いました。

諺《ことわざ》＝昔《むかし》から言《い》い伝《つた》えられた教《おし》えの短《みじ》い文句《もんく》
棺《ひつぎ》＝亡《な》くなった人《ひと》が入《はい》る箱《はこ》
一体《いったい》＝ひとつ
葬《ほうむ》る＝墓《はか》に納《おさ》める、埋葬《まいそう》する
参列者《さんれつしゃ》＝（式《しき》や会合《かいごう》などに）参加《さんか》し出席《しゅっせき》する人《ひと》
涙《なみだ》を誘《さそ》う＝同情《どうじょう》して涙《なみだ》を流《なが》させること

不思議《ふしぎ》な樫《かし》の木《き》の芽《め》

ゆめこの家《いえ》には、木《き》や草花《くさばな》を植《う》え込《こ》んだ小《ちい》さな庭《にわ》がありました。

その庭《にわ》のことを「前栽《せんざい》」と言《い》うのですが、お父《とう》さんが亡《な》くなって三日後《みっかご》の朝《あさ》、お母《かあ》さんが前栽《せんざい》に目《め》をやると、地神《じがみ》さんを祀《まつ》っている※祠《ほこら》の真横《まよこ》にある大《おお》きな木《き》の切《き》り株《かぶ》から、不思議《ふしぎ》なことに※新芽《しんめ》が出《で》ていたのです。

お母《かあ》さんは、それを見《み》て、これは、お父《とう》さんの命《いのち》の芽《め》だと思《おも》いました。

その不思議《ふしぎ》な木《き》の芽《め》は、子供《こども》たちの成長《せいちょう》を見守《みまも》るかのように、どんどん伸《の》びていきました。

その木《き》は樫《かし》の木《き》でした。

お母《かあ》さんは、その樫《かし》の木《き》を眺《なが》めてはいつも、

「この木《き》は、お父《とう》さんや。この木《き》は、きっとお父《とう》さんや。

祠《ほこら》＝神《かみ》をまつった小《ちい》さなやしろ、建物《たてもの》
新芽《しんめ》＝新《あたら》しく出《で》た芽《め》

子供《こども》たちを守《まも》るために生《う》まれ変《か》わってきてくれたんや」

そう思《おも》い込《こ》んで暮《く》らしました。

心細《こころぼそ》いお母《かあ》さんは、その木《き》に勇気《ゆうき》づけられながら、子供《こども》たちと暮《く》らしました。

それからというもの、お母《かあ》さんはお父《とう》さんの分《ぶん》まで、朝《あさ》から晩《ばん》まで一生懸命《いっしょうけんめい》働《はたら》きました。

お豆腐《とうふ》工場《こうじょう》で働《はたら》いたり、お米《こめ》や野菜《やさい》を作《つく》ったり、山《やま》へしば刈《か》りに出《で》かけたり、子牛《こうし》を育《そだ》てたり、その※合間《あいま》に家事《かじ》もこなして頑張《がんば》っていました。

合間《あいま》＝あいだ

ゆめこ六才《ろくさい》

11　振《ふ》り子《こ》の柱時計《はしらどけい》

ゆめこの家《いえ》には、古《ふる》くから、振《ふ》り子《こ》の柱時計《はしらどけい》があります。

その時計《とけい》は、静《しず》かな部屋《へや》の中《なか》で《コチコチコチ》と※時《とき》を刻《きざ》んでいました。

《ボ〜ン　ボ〜ン　ボ〜ン》

振《ふ》り子《こ》の柱時計《はしらどけい》が三時《さんじ》を打《う》ちました。

ゆめこ「おやつの時間《じかん》だぁ、おやつの時間《じかん》だぁ、ルンル　ルンル　ル〜ン♪」

ゆめこは、戸棚《とだな》に走《はし》っていきました。

そして、お菓子《かし》を取《と》り出《だ》そうと戸棚《とだな》の戸《と》を開《あ》けた瞬間《しゅんかん》、猫《ねこ》のタマが小走《こばし》りでゆめこのそばへやって来《き》ました。

時《とき》を刻《きざ》む＝時間《じかん》が過《す》ぎていくこと

ゆめこ「タマちゃんも、おやつの時間《じかん》やね。じゃあ、鰹節《かつおぶし》あげるね」

ゆめこは、お菓子《かし》と鰹節《かつおぶし》を戸棚《とだな》から出《だ》しました。

でも、その取《と》り出《だ》した鰹節《かつおぶし》の袋《ふくろ》の口《くち》は、少《すこ》ししか開《ひら》いていませんでした。

だから、ゆめこは、その袋《ふくろ》の口《くち》をもう少《すこ》し開《あ》けたくて、その口《くち》に指《ゆび》を突《つ》っ込《こ》んで、思《おも》いっ切《き》り左右《さゆう》に強《つよ》く引《ひ》っ張《ぱ》りました。

タマは、鰹節《かつおぶし》の匂《にお》いがするので、待《ま》ち切《き》れないのか、ゆめこの脚《あし》に頭《あたま》をすり寄《よ》せて《ニャ～ン》とおねだりします。

ゆめこ「ウ～～ン、ウ～～ン、袋《ふくろ》が開《ひら》かないよう！　ウ～～ン、ウ～～ン」

パァーン

いきなり、袋《ふくろ》の口《くち》が大《おお》きく裂《さ》けて、鰹節《かつおぶし》が床《ゆか》に飛《と》び散《ち》りました。

ゆめこ「あぁーあっ、やっちゃったぁー」

ゆめこは、急《いそ》いで炊事場《すいじば》から空《から》のお鍋《なべ》を持《も》ってきて、飛《と》び散《ち》った鰹節《かつおぶし》を拾《ひろ》い集《あつ》めて、お鍋《なべ》に入《い》れていきました。

でも、タマが飛《と》び散《ち》った鰹節《かつおぶし》を食《た》べ始《はじ》めたのです。

ゆめこ「あかん、あかんよー、タマ、あかんよー」

ゆめこは、あわててタマの脇《わき》を両手《りょうて》で抱《かか》え、違《ちが》う部屋《へや》に連《つ》れていって、タマを閉《と》じ込《こ》めました。

そして、飛《と》び散《ち》った鰹節《かつおぶし》を、ゆめこはまた拾《ひろ》い集《あつ》めていました。

するとそこへ、お母《かあ》さんがひょっこり帰《かえ》ってきました。

母《はは》「ただいまー」

ゆめこ「おかえりなさーい」

母《はは》「あらら、ゆめちゃん、えらいことしたなぁ」

ゆめこ「ごめんなさい」

母《はは》「しゃーないなっ、拾《ひろ》った鰹節《かつおぶし》は、みんなタマのエサやな」

ゆめこ「うん」

《ニャ～ン　ニャ～ン　ニャ～ン》

《ニャ～ン　ニャ～ン　ニャ～ン》

ゆめこは、タマが※余《あま》りにも鳴《な》くので、閉《と》じ込《こ》めた部屋《へや》から出《だ》してやりました。

ゆめこ「タマちゃん、ごめんね、お待《ま》ちどおさま。さっきは叱《しか》ってごめんね。今日《きょう》のおやつの鰹節《かつおぶし》は、これだけやで。はい、どうぞ」

タマは、おいしそうに、鰹節《かつおぶし》を食《た》べました。

母《はは》「ゆめちゃん、おやき焼《や》いたろか？」

ゆめこ「うん！」

お母《かあ》さんは、※さっそく炊事場《すいじば》に立《た》って、小麦粉《こむぎこ》、ふくらし粉《こ》、お砂糖《さとう》を準《じゅん》備《び》すると、それらすべてを大《おお》きなお椀《わん》に入《い》れて水《みず》を加《くわ》え、手際《てぎわ》よく、おやきの生地《きじ》を作《つく》り始《はじ》めました。

余《あま》りにも＝ふつうの程度《ていど》を越《こ》えること

さっそく＝すぐさま

そして、その生地《きじ》が出来上《できあ》がると、それを栗型《くりがた》の鉄《てつ》のフライパンに流《なが》し込《こ》み、おやきを焼《や》いてくれました。

そうして出来上《できあ》がったアツアツのおやきを、ゆめこはお母《かあ》さんと一緒《いっしょ》に食《た》べました。

ゆめこ「お母《かあ》さん、アツアツでおいしい！」

母《はは》「アツアツでおいしな、お砂糖《さとう》いっぱい入《い》れたから、甘《あま》くておいしいな」

お母《かあ》さんは、目《め》を細《ほそ》めてにっこりしました。

ゆめこ「うん、甘《あま》くておいしい！」

お母《かあ》さんと一緒《いっしょ》におやつを食《た》べられたゆめこは、※大満足《だいまんぞく》でした。

母《はは》「今《いま》、何時《なんじ》やろ？」

お母《かあ》さんは、ふと、柱時計《はしらどけい》を見上《みあ》げました。

母《はは》「あらら、時計《とけい》が止《と》まっとるわ〜」

大満足《だいまんぞく》＝望《のぞ》みが満《み》たされ不平《ふへい》、不満《ふまん》のないことお母《かあ》さんは、そう言《い》うと、踏《ふ》み台《だい》を持《も》ってきて、高《たか》いところに掛《か》かっている振《ふ》り子《こ》の柱時計《はしらどけい》を取《と》り外《はず》し、畳《たたみ》の上《うえ》に置《お》きました。

そして、時計《とけい》の裏側《うらがわ》のぜんまいのネジを、

《ギリリー　ギリリー》と十回《じゅっかい》ほど巻《ま》きました。

その後《あと》、タンスの引《ひ》き出《だ》しから腕時計《うでどけい》を取《と》り出《だ》してきて、今《いま》の時間《じかん》を※確認《かくにん》すると、柱時計《はしらどけい》の針《はり》を※正確《せいかく》な時間《じかん》に合《あ》わせました。

その様子《ようす》を見《み》ていたゆめこが、お母《かあ》さんに話《はな》しかけました。

ゆめこ「時計《とけい》って、裏《うら》にネジや機械《きかい》がいっぱいあるんやね。知《し》らんかったぁ～」

母《はは》「そやで。ぜんまいのネジは、大事《だいじ》な大事《だいじ》な働《はたら》きをしてるんやで。ぜんまいのネジがなかったら、時計《とけい》の針《はり》は動《うご》かへんからな。

時計《とけい》の針《はり》は、人《ひと》に見《み》えるところでがんばって動《うご》いてるけど、後《うし》ろのぜんまいのネジは、人《ひと》に見《み》えないところで一生懸命《いっしょうけんめい》、カチカチ音《おと》をさせてがんばって

確認《かくにん》＝確《たし》かめる
正確《せいかく》＝正《ただ》しく確《たし》かなこと。正《ただ》しい

るんやで。

お母《かあ》さんは、人《ひと》も時計《とけい》と一緒《いっしょ》やと思《おも》うねん。世《よ》の中《なか》には、見《み》えるところで働《はたら》いてる人《ひと》もいるし、見《み》えないところで働《はたら》いてる人《ひと》もいるんやで。

例《たと》えば、飛行機《ひこうき》のパイロットは、華《はな》やかで目立《めだ》つ仕事《しごと》やな。誰《だれ》からもチヤホヤされてる仕事《しごと》やから、時計《とけい》の針《はり》や。

そんな仕事《しごと》の裏側《うらがわ》で、油《あぶら》まみれになって飛行機《ひこうき》の機械《きかい》を整備《せいび》している人《ひと》は、目立《めだ》たない仕事《しごと》で見《み》えないところで働《はたら》いてるから、時計《とけい》のぜんまいのネジや。

どっちが偉《えら》いわけでもないんやで。どっちも偉《えら》いんやで。

見《み》えないところで働《はたら》く人《ひと》がいなかったら、大変《たいへん》なことになる。飛行機《ひこうき》を安全《あんぜん》に飛《と》ばせなくなるやろ。だから、見《み》えないところで働《はたら》いている人《ひと》も、すごく偉《えら》い人《ひと》やってことや。

見《み》えないところで一生懸命《いっしょうけんめい》、働《はたら》いている人《ひと》のことを『縁《えん》の下《した》の力持《ちからも》ち』って言《い》うんやで」

ゆめこ「ふ～ん、そうなんや」
母《はは》「世《よ》の中《なか》には、いろんな仕事《しごと》があるけど、※真面目《まじめ》な仕事《しごと》には、上《うえ》も下《した》もないんやで。人《ひと》がうらやましがるようなカッコイイ目立《めだ》つ仕事《しごと》をしている人《ひと》と、そうでないあまり目立《めだ》たないような仕事《しごと》をしている人《ひと》を比《くら》べたらあかん。どんな仕事《しごと》でも、一生懸命《いっしょうけんめい》にがんばっている人《ひと》は、偉《えら》い人《ひと》やからな。
難《むずか》しい話《はなし》やけどな、大人《おとな》になったら働《はたら》く義務《ぎむ》があって、それは日本国憲法《にほんこくけんぽう》という国《くに》の法律《ほうりつ》で決《き》まってるんやで。働《はたら》く義務《ぎむ》というのは、大人《おとな》は働《はたら》かなあかんってことや。だから大人《おとな》になったら、人《ひと》のために働《はたら》いたり、自分《じぶん》のために働《はたら》いたりするもんなんやで」
ゆめこ「人《ひと》のため？」
母《はは》「世《よ》の中《なか》のお父《とう》さんやお母《かあ》さんは、家族《かぞく》を守《まも》るために働《はたら》いているんや。子供《こども》を守《まも》るために働《はたら》いているんやで。それが『人《ひと》のため』ってことや。お母《かあ》さんは働《はたら》いたお金《かね》で、みんなのおかずやみんなの服《ふく》を買《か》ったりしてるやろ？」

真面目《まじめ》＝本気《ほんき》であるさま。誠実《せいじつ》であるさま

ゆめこ「うん」

母《はは》「お母《かあ》さんが働《はたら》かなかったら、ご飯《はん》も食《た》べられなくなるんやで。住《す》む所《ところ》もなくなるかもしれへん。そうならんように、お母《かあ》さんは働《はたら》いとるんやで。

ほかには、『人《ひと》のために働《はたら》く』って言《い》えば、人《ひと》の役《やく》に立《た》つ仕事《しごと》をすることも大事《だいじ》やで。人《ひと》の役《やく》に立《た》つ仕事《しごと》っていうのは、人《ひと》に喜《よろこ》んでもらえる仕事《しごと》かな。人《ひと》が喜《よろこ》んでくれる仕事《しごと》はいっぱいあるけど、その仕事《しごと》は、ゆめちゃんがこれから勉強《べんきょう》して、大人《おとな》になったら分《わ》かるようになるで」

ゆめこ「ふ〜ん……」

母《はは》「お母《かあ》さん、いろいろ話《はなし》をしたけど、六才《ろくさい》のゆめちゃんには、ちょっと難《むずか》しい話《はなし》やったかな？　ゆめちゃん、今度《こんど》は良《よ》い子《こ》の話《はなし》をしてあげよかぁ」

ゆめこ「うん」

母《はは》「人《ひと》が見《み》てるから、良《よ》い子《こ》になろう、人《ひと》が見《み》てないから、悪《わる》い子《こ》でもかまへんかな？　って思《おも》ったらあかんなぁ。人《ひと》が見《み》てないところでも、良《よ》い子《こ》にしとかなあかんな。

人《ひと》が見《み》てないところで良《よ》い子《こ》にしてたら、それが本当《ほんとう》の良《よ》い子《こ》やで。ゆめちゃんは、本当《ほんとう》の良《よ》い子《こ》になれるかな？」

ゆめこ「うん！」

母《はは》「えらいなぁ、ゆめちゃん」

お母《かあ》さんは、柱時計《はしらどけい》を元《もと》の位置《いち》に掛《か》け直《なお》すと、エプロンの紐《ひも》を結《むす》び直《なお》しながら言《い》いました。

母《はは》「ゆめちゃん、お母《かあ》さんな、これからまた田《た》んぼの仕事《しごと》してくるから、お留《る》守番《すばん》しといてな」

ゆめこ「うん！」

母《はは》「お姉《ねえ》ちゃんたちが、もうすぐ学校《がっこう》から帰《かえ》ってくるからな。お姉《ねえ》ちゃんたちが帰《かえ》ってきたら、ここに置《お》いてあるおやきを食《た》べてもらいや」

ゆめこ「うん！」

母《はは》「そしたらお母《かあ》さん、もう一回《いっかい》、田《た》んぼの草引《くさひ》きに行《い》ってくるわ。ゆめちゃん、良《よ》い子《こ》にしとくんやで。行《い》ってきまーす！」

ゆめこ「行《い》ってらっしゃーい！」

14　お母《かあ》さんは働《はたら》き者《もの》

お母《かあ》さんは、毎日《まいにち》、寝《ね》る間《ま》も惜《お》しむように、※身《み》を粉《こ》にして働《はたら》いていました。

ゆめこの家《いえ》は田《た》んぼを持《も》っていて、※四反《よんたん》ある七《なな》つの田《た》んぼを、お母《かあ》さんはひとりで管理《かんり》していました。
※農繁期《のうはんき》は、お母《かあ》さんにとって※正念場《しょうねんば》でした。
お母《かあ》さんは、仕事《しごと》で辛《つら》い時《とき》も、※窮地《きゅうち》に立《た》たされた時《とき》も、※めったに弱音《よわね》を吐《は》くことはありませんでした。

田植《たう》えの時期《じき》には、すっかり日《ひ》が沈《しず》んでしまってからでも、どろんこまみれになりながら、ひとりで田植《たう》えに※精《せい》を出《だ》します。

稲《いね》の※収穫《しゅうかく》の時期《じき》にも、日《ひ》が沈《しず》んでしまった薄暗《うすぐら》い中《なか》、稲刈《いねか》りから米《こめ》の※出荷作業《しゅっかさぎょう》に至《いた》るまで、ひとりで※こなしていました。

身《み》を粉《こ》にして＝苦労《くろう》をいやがらず、辛《つら》くても力《ちから》を尽《つ》くすこと
四反《よんたん》＝0.4ヘクタール　農繁期《のうはんき》＝農作業《のうさぎょう》の忙《いそが》しい時期《じき》
正念場《しょうねんば》＝もっとも大事《だいじ》な時期《じき》
窮地《きゅうち》＝追《お》いつめられた苦《くる》しい立場《たちば》
めったに＝ほとんど　精《せい》を出《だ》す＝一生懸命《いっしょうけんめい》に努力《どりょく》すること
収穫《しゅうかく》＝農作物《のうさくぶつ》を取《と》り入《い》れること

季節《きせつ》は秋《あき》です。

ゆめこの通《かよ》う今田《こんだ》小学校《しょうがっこう》は、家《いえ》から四《よん》キロメートルも離《はな》れていたので、ゆめこは毎日《まいにち》、スクールバスで※通学《つうがく》していました。

小学一年生《しょうがくいちねんせい》のゆめこを乗《の》せた下校時《げこうじ》のスクールバスが、※山間《やまあい》の道《みち》をゆっくり走《はし》っています。

ゆめこは、左側《ひだりがわ》の窓際《まどぎわ》の席《せき》に座《すわ》っていました。

そのスクールバスが、ゆめこの住《す》む黒石地区《くろいしちく》にさしかかる頃《ころ》、バスの窓《まど》から外《そと》を※食《く》い入《い》るように見《み》ているのは、ゆめこです。

家《いえ》から歩《ある》いて二十分《にじゅっぷん》ぐらいの所《ところ》にある、家《いえ》の田《た》んぼの近《ちか》くをスクールバスが通《とお》るので、ゆめこは、バスの窓《まど》からお母《かあ》さんが田《た》んぼで仕事《しごと》をしていないか、確《たし》かめるのです。

その田《た》んぼの近《ちか》くには、赤茶色《あかちゃいろ》の屋根瓦《やねがわら》の旧黒石分校《きゅうくろいしぶんこう》がありました。

出《しゅっ》荷《か》作《さ》業《ぎょう》=農作物《のうさくもつ》を売《う》るために商品《しょうひん》として出《だ》すこと
こなす=物事《ものごと》をやり遂《と》げる
通学《つうがく》=学校《がっこう》に通《かよ》うこと
山間《やまあい》=山《やま》と山《やま》の間《あいだ》
食《く》い入《い》るように=とても真剣《しんけん》な様子《ようす》で

ゆめこの※額《ひたい》は、まるでバスの窓《まど》ガラスに吸《す》い付《つ》いているかのようでした。

バスは、※一瞬《いっしゅん》で、田《た》んぼの前《まえ》を走《はし》り抜《ぬ》けます。

ゆめこは、その一瞬《いっしゅん》を※逃《のが》しませんでした。

ゆめこが※目《め》を凝《こ》らしています。

ゆめこの※視線《しせん》は、※遥《はる》か遠《とお》くにある田《た》んぼに向《む》けられていました。


お母《かあ》さんです!!

豆粒《まめつぶ》ほどに見《み》えるお母《かあ》さんの姿《すがた》を、ゆめこの※目《め》は捉《とら》えました。

その瞬間《しゅんかん》、※叫《さけ》び声《ごえ》を押《お》し殺《ころ》すように、ゆめこは小声《こごえ》で「ヤッター!」とつぶやきました。

ゆめこの表情《ひょうじょう》は、※とたんに明《あか》るくなりました。

すると、ゆめこは、窓際《まどぎわ》の席《せき》から通路側《つうろがわ》の席《せき》に座《すわ》り直《なお》し、すぐにでも席《せき》を立《た》

額《ひたい》＝おでこ　一瞬《いっしゅん》＝ひじょうに僅《わず》かな間《あいだ》
逃《のが》さない＝にがさないこと　目《め》を凝《こ》らす＝集中《しゅうちゅう》して見《み》る
視線《しせん》＝見《み》ている方向《ほうこう》　遥《はる》か＝距離《きょり》が遠《とお》く離《はな》れている
…目《め》は捉《とら》える＝見《み》つける
声《こえ》を押《お》し殺《ころ》す＝声《こえ》をおさえて小声《こごえ》でつぶやくこと
とたんに＝急《きゅう》に

てる※体勢《たいせい》になっていました。

この時《とき》、ゆめこの頭《あたま》の中《なか》は、お母《かあ》さんのことでいっぱいでした。


スクールバスが、ゆめこの家《いえ》の近《ちか》くのバス停《てい》に止《と》まりました。

ゆめこは、バスが完全《かんぜん》に止《と》まってから席《せき》を立《た》ちました。

そして、ゆめこは、バスの運転手《うんてんしゅ》さんに小《ちい》さな声《こえ》で挨拶《あいさつ》をして降《お》りました。

ゆめこ「さようなら」

運転手《うんてんしゅ》「さようなら」

いつものバス停《てい》で降《お》りたゆめこは、一目散《いちもくさん》に家《いえ》に向《む》かって走《はし》りました。

そして、ゆめこは、家《いえ》に着《つ》くや※否《いな》や、ランドセルを背負《せお》ったまま、戸棚《とだな》からあんパンを二《ふた》つ取《と》り出《だ》して袋《ふくろ》に入《い》れ、出《で》かける準備《じゅんび》をしました。

すると、タマが喉《のど》をならしながら、小走《こばし》りでゆめこのそばにやって来《き》て、頭《あたま》をすり寄《よ》せました。

体勢《たいせい》＝体《からだ》の構《かま》え、姿勢《しせい》
否《いな》や＝すぐに

《ゴロニャン　ゴロニャン》

ゆめこ「タマちゃん、何《なに》か食《た》べたいの？　じゃあ、鰹節《かつおぶし》をちょっとだけあげるね」

ゆめこはそう言《い》って、戸棚《とだな》から鰹節《かつおぶし》を取《と》り出《だ》して、タマのお皿《さら》に少《すこ》しだけ入《い》れてやりました。

ゆめこ「はい、タマちゃん、どうぞ！」

タマは、おいしそうに、鰹節《かつおぶし》を食《た》べ始《はじ》めました。

ゆめこは、タマの頭《あたま》と体《からだ》を優《やさ》しくなでながら言《い》いました。

ゆめこ「タマちゃん、今《いま》からお母《かあ》さんのところへ行《い》ってくるね」

ゆめこは、タマに声《こえ》をかけた後《あと》すぐに、あんパンの入《はい》った袋《ふくろ》を手《て》にしっかり持《も》って、長靴《ながぐつ》を履《は》き、ランドセルを背負《せお》ったまま、お母《かあ》さんがいる田《た》んぼへ駆《か》け出《だ》しました。

背中《せなか》のランドセルが、ゴトゴトと音《おと》を立《た》てています。

ゆめこは、走《はし》ったり歩《ある》いたりしながら、二十分《にじゅっぷん》ぐらいかけて田《た》んぼに向《む》かいました。


ようやく、お母《かあ》さんがいる田《た》んぼが見《み》えてきました。

その瞬間《しゅんかん》、ゆめこは、※ラストスパートをかけました。

走《はし》って来《く》るゆめこに気《き》づいたお母《かあ》さんは、仕事《しごと》の手《て》を止《と》め、麦《むぎ》わら帽子《ぼうし》を浅《あさ》くかぶり直《なお》して、ゆめこを※いとおしそうに見《み》つめていました。

ゆめこ「お母《かあ》さーん！　ただいまー！」

母《はは》「おかえりー！」

お母《かあ》さんは、首《くび》に巻《ま》いている手拭《てぬぐ》いで額《ひたい》の汗《あせ》を拭《ぬぐ》いながら、にっこりと微笑《ほほえ》んで返事《へんじ》をしました。

ラストスパート＝最後《さいご》の時点《じてん》で力強《ちからづよ》く走《はし》ること
いとおしい＝とてもかわいらしく思《おも》う

ゆめこは、ハァハァと息《いき》を切《き》らしながら、途《と》切《ぎ》れ途《と》切《ぎ》れに話《はな》します。

ゆめこ「お母《かあ》さん…、今日《きょう》ね…、学校《がっこう》で…、作文《さくぶん》を書《か》いたの」

母《はは》「そうか、学校《がっこう》で作文《さくぶん》、書《か》いたん？」

ゆめこ「うん」

ゆめこはそう言《い》って、ランドセルを田《た》んぼのあぜ道《みち》に下《お》ろすと、ランドセルの中《なか》から作文《さくぶん》の紙《かみ》を取《と》り出《だ》して、お母《かあ》さんのそばに駆《か》け寄《よ》りました。

ゆめこ「お母《かあ》さん、今《いま》から作文読《さくぶんよ》むから、聞《き》いてね」

母《はは》「はぁーい、聞《き》いたるよ」

ゆめこは、お母《かあ》さんのそばで、大《おお》きな声《こえ》で作文《さくぶん》を読《よ》み始《はじ》めました。

お母《かあ》さんは、稲《いね》の束《たば》を※藁《わら》でくくりながら聞《き》いてくれました。

「ありがとうのことば　そらの　ゆめこ

ありがとう、というと、いい気《き》もちになるよ。

藁《わら》＝稲《いね》の茎《くき》を干《ほ》したもの

ありがとう、といわれると、もっと、いい気《き》もちになるよ。

だから、わたしは、いっぱい、いっぱい、ありがとうをいいます。

そして、おかあさんに、ありがとう、といわれるようなことを、いっぱい、いっぱい、したいです」

母《はは》「ゆめちゃん、上手《じょうず》、上手《じょうず》！　作文《さくぶん》、上手《じょうず》に書《か》けたなぁ。作文《さくぶん》、上手《じょうず》に読《よ》めたなぁ」
ゆめこ「うん」
ゆめこは、作文《さくぶん》を読《よ》み終《お》えると、あぜ道《みち》に置《お》いたランドセルを机代《つくえが》わりにして、宿題《しゅくだい》を始《はじ》めました。
それから三十分《さんじゅっぷん》ほど経《た》った頃《ころ》……。
ゆめこ「お母《かあ》さーん、宿題《しゅくだい》、終《お》わったよー」
母《はは》「そうか、えらかったなぁー」

ゆめこ「お母《かあ》さん、戸棚《とだな》から、あんパン持《も》ってきたよー」
母《はは》「そうか、あんパン持《も》ってきてくれたんか。ほんなら、一緒《いっしょ》に食《た》べよかぁ。今《いま》から、※いっぷくしようかぁ」
ゆめこ「うん」
ゆめことお母《かあ》さんは、あぜ道《みち》に並《なら》んで腰《こし》を下《お》ろし、ふわふわのあんパンを※頬張《ほおば》りました。
母《はは》「あんパン、おいしいなぁ。ゆめちゃん、お茶《ちゃ》もいっしょに飲《の》もうか？」
ゆめこ「うん！」
お母《かあ》さんは、持《も》ってきた荷物《にもつ》の中《なか》から水筒《すいとう》を取《と》り出《だ》して、コップにお茶《ちゃ》を注《そそ》ぎました。
母《はは》「はい、ゆめちゃん」
ゆめこ「ありがとう」
ゆめこは、勢《いきお》いよく、そのお茶《ちゃ》を※飲《の》み干《ほ》しました。

いっぷく＝休憩《きゅうけい》すること
頬張《ほおば》る＝口《くち》いっぱいにものを入《い》れる

そして、「ハァーッ」とゆめこは、喉《のど》を鳴《な》らしてにっこりしました。

ゆめこ「今度《こんど》は私《わたし》が、お母《かあ》さんにお茶《ちゃ》をいれてあげるね」

母《はは》「ありがとう」

お母《かあ》さんは、ゆめこにいれてもらったお茶《ちゃ》のコップを手《て》に取《と》ると、それを※一気《いっき》に飲《の》み干《ほ》しました。

そして、お母《かあ》さんも、「ハァーッ」と喉《のど》を鳴《な》らしました。

母《はは》「うまかったぁ！　※うしまけたぁ！　アハハハハ……」

お母《かあ》さんが嬉《うれ》しそうに笑《わら》いました。

ゆめこも、つられて笑《わら》いました。

大好《だいす》きなお母《かあ》さんの顔《かお》は、一生懸命《いっしょうけんめい》働《はたら》いているので、頬《ほお》が赤《あか》く※火照《ほて》っていました。

飲《の》み干《ほ》す＝飲《の》み切《き》ってしまう
一気《いっき》に＝勢《いきお》いよくひといきに
うしまけた＝牛負《うしま》けた。「馬勝《うまか》った」に続《つづ》けるしゃれ
火照《ほて》る＝熱《あつ》くなる

しばらくして……。

母《はは》「ほな、もうひとがんばりしようかぁ〜。よっこらしょっ！」

お母《かあ》さんは、お尻《しり》に付《つ》いたほこりをポンポンと手《て》で払《はら》い落《お》とすと、にっこりして立《た》ち上《あ》がりました。

母《はは》「さぁ、今《いま》から稲木《いなぎ》に稲《いね》を掛《か》けていくでー！」

お母《かあ》さんは、麦《むぎ》わら帽子《ぼうし》を深《ふか》くかぶり直《なお》すと、※いそいそと稲木《いなぎ》の前《まえ》に稲《いね》の束《たば》を運《はこ》び始《はじ》めました。

そんな様子《ようす》を見《み》て、ゆめこも立《た》ち上《あ》がりました。

ゆめこは、小《ちい》さな両手《りょうて》に稲《いね》の束《たば》を持《も》てるだけ持《も》つと、※おぼつかない足取《あしど》りで稲運《いねはこ》びを手伝《てつだ》い始《はじ》めました。

ゆめこ「よいしょ、よいしょ、よいしょっと！」

母《はは》「ゆめちゃんも手伝《てつだ》ってくれるんかぁ、ありがとう。ゆめちゃんが手伝《てつだ》ってくれたら、早《はや》く片《かた》づくわぁ。ゆめちゃん、えらいなぁ」

いそいそと＝元気《げんき》をふるって勢《いきお》い込《こ》むさま
おぼつかない＝確《たし》かでない、よろよろした

ゆめこは、お母《かあ》さんに褒《ほ》められると、さらに張《は》り切《き》って稲運《いねはこ》びを手伝《てつだ》いました。

でも、稲《いね》を運《はこ》ぶたびに、頬《ほお》や首《くび》や手首《てくび》に稲穂《いなほ》がピチピチと当《あ》たるので、ゆめこの体《からだ》は、小《ちい》さな※刺《とげ》がいっぱい刺《さ》さったみたいにチクチク痛《いた》みます。

田《た》んぼは、前日《ぜんじつ》の雨《あめ》で※ぬかるんでいたので、ゆめこの長靴《ながぐつ》もお母《かあ》さんの長《なが》靴《ぐつ》も、どろんこです。

ぬかるんだ田《た》んぼの中《なか》を歩《ある》くと、足《あし》がズボッと※泥《どろ》に減《め》り込《こ》んで、長靴《ながぐつ》が脱《ぬ》げそうになります。

それでもゆめこは、稲運《いねはこ》びを一生懸命《いっしょうけんめい》、手伝《てつだ》いました。

ゆめこ「お母《かあ》さん、いっぱいチクチクしてきた〜」

母《はは》「チクチクするなぁ〜、稲《いね》を触《さわ》ったらチクチクするなぁ〜。そのチクチクは、お風呂《ふろ》に入《はい》ったらスーッと治《なお》るで〜」

刺《とげ》＝さきのとがった突《つ》き出《で》たもの
ぬかるんで＝雨《あめ》で水分《すいぶん》を含《ふく》んだ地面《じめん》がどろ深《ぶか》くなっていること
泥《どろ》に減《め》り込《こ》む＝泥《どろ》にくいこむ

ゆめこ「お風呂《ふろ》に入《はい》ったら治《なお》るの？」
母《はは》「そやでぇ、治《なお》るでぇ」
ゆめこ「お母《かあ》さん、長靴《ながぐつ》、どろんこになったぁ〜」
母《はは》「ほんまやなぁ〜。田《た》んぼ、※じゅるいから、どろんこになってしもたなぁ〜」
ゆめこ「うん」

やがて、日《ひ》は西《にし》に沈《しず》み、辺《あた》りは、どんどん暗《くら》くなっていきました。
母《はは》「えらいこっちゃー、日《ひ》が暮《く》れてしもたなぁー」
お母《かあ》さんの顔《かお》がはっきり見《み》えなくなってきたゆめこは、少《すこ》し不安気《ふあんげ》に聞《き》きます。
ゆめこ「お母《かあ》さーん、もう、お仕事終《しごとお》わるー？　真《ま》っ暗《くら》になってしもたよー」
母《はは》「あぁー、もうちょっとで終《お》わるでー。ゆめちゃん、ランドセル背負《せお》って、

じゅるい＝雨《あめ》で水分《すいぶん》を含《ふく》んだ地面《じめん》がどろ深《ふか》くなっていること。ぬかるんでいること

帰《かえ》る準備《じゅんび》しときよー」
ゆめこ「うん、わかったー」

しばらくして……。
母《はは》「終《お》わった、終《お》わった、ゆめちゃん、終《お》わったでー！　さぁ、お家《うち》に帰《かえ》ろかぁ、お待《ま》ちどおさん！」
ゆめこ「うん！」
暗《くら》い夜道《よみち》は、足元《あしもと》がはっきり見《み》えません。
ゆめこは、※一輪車《いちりんしゃ》を押《お》して歩《ある》いているお母《かあ》さんの後《あと》にぴったりくっついて、※恐《おそ》る恐《おそ》る歩《ある》きました。
お母《かあ》さんは、ゆめこの歩幅《ほはば》に合《あ》わせて、ゆっくり歩《ある》いてくれました。
母《はは》「ゆめちゃん、ちゃんとお母《かあ》さんの後《あと》についてきとるか？」
ゆめこ「うん、ついていっとるよ」

一輪車《いちりんしゃ》＝運搬用《うんぱんよう》の手押《てお》し車《ぐるま》
恐《おそ》る恐《おそ》る＝こわごわ、用心《ようじん》しながら

二人《ふたり》が田《た》んぼのあぜ道《みち》を通《とお》り抜《ぬ》けると、大《おお》きな道路《どうろ》に出《で》ました。
その道路《どうろ》を歩《ある》いていると、どの家《いえ》にも明《あ》かりが灯《とも》っていました。
ゆめこ「わぁー！　お星《ほし》さん、いっぱい出《で》とるー」
ゆめこは歩《ある》きながら、空《そら》を見上《みあ》げて言《い》いました。
すると、お母《かあ》さんも言《い》いました。
母《はは》「お星《ほし》さんは、『ゆめちゃん、かしこいなぁ～』って言《い》って見《み》とるんかなぁ。『お手伝《てつだ》いして、かしこいなぁ～』って見《み》とるんかなぁ」
歩《ある》き始《はじ》めてから二十分《にじゅっぷん》が経《た》ちました。
ゆめこ「お母《かあ》さん、お家《うち》が見《み》えてきたぁー。お家《うち》、電気《でんき》が点《つ》いとるー」
母《はは》「電気《でんき》が点《つ》いとるなぁ～。お姉《ねえ》ちゃんたちが、ちゃーんと留守番《るすばん》してくれとるから、電気《でんき》が点《つ》いとるなぁ～」
ゆめこ「うん」

ゆめこの家《いえ》には明《あ》かりが灯《とも》り、炊事場《すいじば》とお風呂《ふろ》の煙突《えんとつ》から、もこもこと煙《けむり》が上《あ》がっていました。

ゆめこ「ただいまー！」
母《はは》「ただいまー！」
姉《あね》たち「おかえりなさーい！　お風呂《ふろ》、沸《わ》いとるよー、ご飯《はん》もできとるよー」
母《はは》「そうか、みんな、ご苦労《くろう》さんやったなぁ」
ゆめこの家《いえ》は、急《きゅう》に賑《にぎ》やかになりました。

お母《かあ》さんは働《はたら》き者《もの》　イラスト

お母《かあ》さんは働《はたら》き者《もの》

22 七十三才《ななじゅうさんさい》の母《はは》の手記《しゅき》

ゆめこの祖母《そぼ》の話《はなし》をします。

ゆめこの祖母《そぼ》である私《わたし》の母《はは》は、男三人《おとこさんにん》、女三人《おんなさんにん》の※子供《こども》を授《さず》かりました。

私《わたし》は三女《さんじょ》として生《う》まれました。

私《わたし》が二年生《にねんせい》の時《とき》、長女《ちょうじょ》の姉《あね》が二十二才《にじゅうにさい》で病気《びょうき》で亡《な》くなりました。

また、私《わたし》が五年生《ごねんせい》の時《とき》には、次《つ》いで父《ちち》が病気《びょうき》で亡《な》くなりました。

それからというもの、母《はは》は女手《おんなで》一《ひと》つで朝早《あさはや》くから夜遅《よるおそ》くまで働《はたら》き詰《づ》めで、私《わたし》たち五人《ごにん》を育《そだ》ててくれたのです。

そして年月《ねんげつ》も経《た》ち、兄《あに》が働《はたら》くようになりましたが、ホッとする間《ま》もなく大東亜戦争《だいとうあせんそう》（太平洋戦争《たいへいようせんそう》）が始《はじ》まり、三人《さんにん》の兄《あに》たちは※戦場《せんじょう》へと駆《か》り出《だ》されて行《い》き

子供《こども》を授《さず》かる＝子供《こども》が生《う》まれる

戦場《せんじょう》へと駆《か》り出《だ》されて行《い》く＝戦争《せんそう》が行《おこな》われている場所《ばしょ》で戦《たたか》うように、国《くに》から命令《めいれい》されて行《い》くこと

ました。

次女《じじょ》の姉《あね》は※既《すで》に※嫁《とつ》いでおりましたので、それからは母《はは》と私《わたし》の二人《ふたり》暮《ぐ》らしになってしまいました。

その後《ご》、昭和二十年五月《しょうわにじゅうねんごがつ》に、思《おも》いもよらぬ悲《かな》しい知《し》らせが届《とど》いたのです。

それは、次男《じなん》の兄《あに》の※戦死《せんし》の知《し》らせでした。

海軍兵《かいぐんへい》だった次男《じなん》の兄《あに》が、B29のひどい爆撃襲《ばくげきしゅう》に遭《あ》い、乗《の》っていた軍艦《ぐんかん》が直撃《ちょくげき》され、吹《ふ》っ飛《と》ばされたとのことでした。

突然《とつぜん》の※訃報《ふほう》で母《はは》は※呆然《ぼうぜん》としていましたが、残《のこ》る二人《ふたり》の兄《あに》が無事《ぶじ》に帰《かえ》って来《き》てくれることを祈《いの》るしかありませんでした。

そんな中《なか》、※生計《せいけい》を立《た》てるために、母《はは》は一人《ひとり》で牛《うし》の世話《せわ》や田畑《たはた》を耕《たがや》し、※自給自足《じきゅうじそく》の生活《せいかつ》をしながら、毎日《まいにち》の仕事《しごと》に明《あ》け暮《く》れていました。

そして、それから二《に》か月余《げつあま》りが過《す》ぎた頃《ころ》……。

一九四五年《せんきゅうひゃくよんじゅうごねん》（昭和二十年《しょうわにじゅうねん》）、兄《あに》の戦死《せんし》の知《し》らせを受《う》け取《と》った年《とし》の夏《なつ》

既《すで》に＝以前《いぜん》に。もう　　嫁《とつ》ぐ＝結婚《けっこん》して家《いえ》を別《べつ》にすること
戦死《せんし》＝戦争《せんそう》で死《し》ぬこと
訃報《ふほう》＝死《し》んだ知《し》らせ
呆然《ぼうぜん》＝気《き》が抜《ぬ》けてぼんやりしたようす
生計《せいけい》を立《た》てる＝生活《せいかつ》するための方法《ほうほう》
自給自足《じきゅうじそく》＝生活《せいかつ》に必要《ひつよう》な食材《しょくざい》などを自分《じぶん》で生産《せいさん》すること

のことでした。八月十四日《はちがつじゅうよっか》、※ポツダム宣言《せんげん》の受諾《じゅだく》により、その翌日《よくじつ》に※終《しゅう》戦《せん》となったのです。

それからしばらくして、二人《ふたり》の兄《あに》たちが戦場《せんじょう》から引《ひ》き揚《あ》げて家《いえ》に帰《かえ》って来《き》ました。

三男《さんなん》の兄《あに》は※北京《ペキン》から、長男《ちょうなん》の兄《あに》は※ボルネオ島《とう》から、高熱《こうねつ》が続《つづ》くマラリアという病気《びょうき》を抱《かか》えて帰国《きこく》したのです。

この時《とき》の母《はは》の喜《よろこ》びは、ひとしおでした。

しかし、戦死《せんし》した兄《あに》を思《おも》う母《はは》の※胸中《きょうちゅう》を察《さっ》すると、母《はは》の※気丈《きじょう》な普段《ふだん》の振《ふ》る舞《ま》いが、やけに辛《つら》く感《かん》じられた私《わたし》でした。

母《はは》は、優《やさ》しい※愛想《あいそう》の良《よ》い人《ひと》でした。

学校《がっこう》の用務員《ようむいん》もして、人《ひと》に好《す》かれる人《ひと》でした。

私《わたし》は二十三才《にじゅうさんさい》で結婚《けっこん》をして、三人《さんにん》の子供《こども》を授《さず》かりました。

ポツダム宣言《せんげん》の受諾《じゅだく》＝戦後《せんご》の日本《にほん》の管理方針《かんりほうしん》などが決《き》められた共同《きょうどう》宣言《せんげん》を日本《にほん》が聞《き》き入《い》れた　終戦《しゅうせん》＝戦争《せんそう》が終《お》わる

北京《ペキン》＝中国《ちゅうごく》（中華人民共和国《ちゅうかじんみんきょうわこく》）の首都《しゅと》

ボルネオ島《とう》＝インドネシア領《りょう》・マレーシア領《りょう》・ブルネイ領《りょう》に分《わ》かれている。面積《めんせき》は743,300km^2。日本《にほん》の国土《こくど》の約《やく》1.9倍《ばい》

胸中《きょうちゅう》を察《さっ》する＝気持《きも》ちを思《おも》いやる　気丈《きじょう》な＝心《こころ》がしっかりしている

しかし、三人目《さんにんめ》の子供《こども》を授《さず》かってから二年《にねん》も経《た》たぬうちに夫《おっと》が亡《な》くなり、その知《し》らせを聞《き》いた母《はは》は、誰《だれ》よりも私《わたし》を心配《しんぱい》してくれたのです。

※突然《とつぜん》の不幸《ふこう》で、子育《こそだ》てをしながら※一家《いっか》の大黒柱《だいこくばしら》になった私《わたし》を、母《はは》は※見《み》るに見《み》かねて子守《こもり》を手伝《てつだ》ってくれました。

母《はは》は隣町《となりまち》の兵庫県西脇市《ひょうごけんにしわきし》に住《す》んでいましたので、そこから遠《とお》く険《けわ》しい山道《やまみち》の峠《とうげ》を越《こ》え、毎日《まいにち》のように家《いえ》に来《き》て、私《わたし》を助《たす》けてくれました。

その母《はは》も、七十四才《ななじゅうよんさい》でこの世《よ》を去《さ》りました。

※戦時中《せんじちゅう》、母《はは》と二人《ふたり》で暮《く》らした※当時《とうじ》のことを振《ふ》り返《かえ》ると、涙《なみだ》が溢《あふ》れます。

その私《わたし》が今《いま》、母《はは》の亡《な》くなった年齢《ねんれい》に近《ちか》づいてきました。

私《わたし》は、これまで子供《こども》の成長《せいちょう》だけを喜《よろこ》びとして、ただひたすら目《め》の前《まえ》の仕事《しごと》を頑張《がんば》ってきました。

私《わたし》が母《はは》のような力強《ちからづよ》い生《い》き方《かた》をしてきたかどうかは、自分《じぶん》では分《わ》かりません。でも、子供《こども》を思《おも》う気持《きも》ちは、母《はは》には負《ま》けていないと思《おも》っています。

愛想《あいそう》の良《よ》い人《ひと》＝人《ひと》づきあいが上手《じょうず》な人《ひと》
突然《とつぜん》の不幸《ふこう》＝急《きゅう》に幸《しあわ》せではなくなること
一家《いっか》の大黒柱《だいこくばしら》＝家《いえ》の中心《ちゅうしん》になって、たよりになる人《ひと》
見《み》るに見《み》かねて＝知《し》らないふりができず、かまってあげたくなること
戦時中《せんじちゅう》＝国《くに》が戦争《せんそう》をしているまっただ中《なか》
当時《とうじ》＝その頃《ころ》のこと

過《す》ぎ去《さ》りし
我《わ》が子《こ》を思《おも》う
親《おや》の悲《かな》しみを

曽良野《そらの》　多美恵《たみえ》　七十三才《ななじゅうさんさい》

ゆめこの郷土《きょうど》の氏神様《うじがみさま》
黒石住吉神社《くろいしすみよしじんじゃ》

黒石住吉神社《くろいしすみよしじんじゃ》　2018年撮影《ねんさつえい》

兵庫県丹波篠山市今田町《ひょうごけんたんばささやましこんだちょう》の北《きた》に位置《いち》する黒石地区《くろいしちく》は、西部《せいぶ》に西光寺山《さいこうじやま》、北部《ほくぶ》に中口山《なかぐちやま》があり、その中《なか》を黒石川《くろいしがわ》が流《なが》れ、住吉神社《すみよしじんじゃ》が祀《まつ》られています。

その黒石住吉神社《くろいしすみよしじんじゃ》は、江戸時代初期《えどじだいしょき》、同《おな》じ町《まち》の小野原住吉神社《おのばらすみよしじんじゃ》から※分祀《ぶんし》され、黒石《くろいし》の※氏神《うじがみ》となったと言《い》われています。


氏神《うじがみ》は、宮山《みややま》の住吉大明神《すみよしだいみょうじん》（現《げん》・住吉神社《すみよしじんじゃ》）で、※境内《けいだい》には、岩神《いわがみ》として祀《まつ》られている自然《しぜん》※巨岩《きょがん》があり、奇岩《きがん》、霊石《れいせき》を神体《しんたい》とする民間信仰《みんかんしんこう》の石神《いしがみ》で、原始信仰《げんししんこう》の※名残《なごり》と言《い》われています。

その巨岩《きょがん》は、高《たか》さ約一・八《やくいってんはち》メートル、広《ひろ》さ約三《やくさん》メートル余《あま》りで、『篠山領地誌《ささやまりょうちし》』に、「その色純黒《いろじゅんこく》なり、里《さと》の名《な》もこれにもとづく」とあります。

巨岩《きょがん》が黒《くろ》い石《いし》であることから、地名《ちめい》が黒石《くろいし》となったということです。

本殿《ほんでん》は、三間社流造《さんげんしゃながれづく》り、銅板葺《どうばんぶ》き。拝殿《はいでん》は、昭和十一年十月《しょうわじゅういちねんじゅうがつ》※造営《ぞうえい》で、

分祀《ぶんし》＝分《わ》けて祭《まつ》ること
氏神《うじがみ》＝その土地《とち》に生《う》まれた者《もの》を守《まも》る神《かみ》
境内《けいだい》＝神社《じんじゃ》、寺院《じいん》の敷地《しきち》の中《なか》
巨岩《きょがん》＝巨大《きょだい》な石《いし》
名残《なごり》＝物事《ものごと》の過《す》ぎ去《さ》った後《あと》、なおそのさまが残《のこ》ること
造営《ぞうえい》・造立《ぞうりゅう》＝神社《じんじゃ》、仏閣《ぶっかく》などを建《た》てること

拝殿前《はいでんまえ》の狛犬《こまいぬ》は、「昭和十二年《しょうわじゅうにねん》に造立《ぞうりゅう》」と今田町史《こんだちょうし》に記《しる》されています。

今田町全域《こんだちょうぜんいき》は、古《ふる》くから「小野原荘《おのばらそう》」と呼《よ》ばれ、摂津《せっつ》堺住吉神社《さかいすみよしじんじゃ》の※荘《しょう》園《えん》であったところから、本社《ほんしゃ》から分霊《ぶんれい》を※勧請《かんじょう》して氏神《うじがみ》とし、以来《いらい》、今日《こんにち》まで地域集団《ちいきしゅうだん》と住民《じゅうみん》の心《こころ》を支《ささ》えてきました。


当初《とうしょ》は、今田町《こんだちょう》の上小野原《かみおのばら》に勧請《かんじょう》された住吉神社《すみよしじんじゃ》が今田町全域《こんだちょうぜんいき》の氏神《うじがみ》でありましたが、江戸時代《えどじだい》に入《はい》って分村《ぶんそん》が進行《しんこう》し、それに伴《ともな》う氏子《うじこ》の分離独立《ぶんりどくりつ》によって、さらに各村《かくむら》への分霊分祀《ぶんれいぶんし》が行《おこな》われました。

今田町内《こんだちょうない》の住吉神社《すみよしじんじゃ》は、分村《ぶんそん》に伴《ともな》って黒石《くろいし》から、さらに本荘《ほんじょう》、市原《いちはら》、木津《こつ》へ、小野原《おのばら》から立杭《たちくい》へと、それぞれ分祀《ぶんし》されたと考《かんが》えられています。

そのようなことから、江戸時代初期《えどじだいしょき》には、町内《ちょうない》の住吉神社《すみよしじんじゃ》は六社《ろくしゃ》となりました。

また、住吉神社《すみよしじんじゃ》のほかに、稲荷神社《いなりじんじゃ》、春日神社《かすがじんじゃ》、秋葉神社《あきばじんじゃ》、天王神社《てんのうじんじゃ》、金毘《こんぴ》

荘園《しょうえん》＝鎌倉《かまくら》、室町時代《むろまちじだい》の貴族《きぞく》の私有地《しゆうち》
勧請《かんじょう》＝神仏《しんぶつ》の霊《れい》を移《うつ》し祭《まつ》ること

羅神社《らじんじゃ》、大歳神社《おおとしじんじゃ》、島姫神社《しまひめじんじゃ》など、さまざまな祭神《さいじん》も村《むら》ごとに勧請《かんじょう》されてきました。

ゆめこのお母《かあ》さんが言《い》う「かえるの宮《みや》さん」の名前《なまえ》の※由来《ゆらい》を辿《たど》ってみると、今田町《こんだちょう》上小野原《かみおのばら》の住吉神社《すみよしじんじゃ》について書《か》かれてある書物《しょもつ》の中《なか》に、

『昔《むかし》、「蛙《かえる》おどり」と呼《よ》ばれる※田楽《でんがく》が※奉納《ほうのう》されることから、「蛙《かえる》の宮《みや》」の※俗《ぞく》称《しょう》で知《し》られるようになりました』

と記《しる》されています。

その田楽《でんがく》は、別《べつ》に蛙《かえる》のまねをするのでもなく、「ヘイヘイ　カエロ　カエロ」と言《い》って飛《と》び交《か》うので、「蛙《かえる》おどり」「蛙祭《かえるまつ》り」と言《い》われていたことから、お宮《みや》さままでが「蛙《かえる》の宮《みや》」と呼《よ》ばれるようになったと言《い》われています。

由来《ゆらい》＝物事《ものごと》の経過《けいか》してきた筋道《すじみち》
田楽《でんがく》＝平安時代《へいあんじだい》から行《おこな》われた田植《たう》え祭《まつ》りの舞楽《ぶがく》（踊《おど》り）
奉納《ほうのう》＝神仏《しんぶつ》にさしあげること
俗称《ぞくしょう》＝世間一般《せけんいっぱん》で使《つか》われている名称《めいしょう》

黒石住吉神社《くろいしすみよしじんじゃ》では、今《いま》もなお、秋祭《あきまつ》りが※脈々《みゃくみゃく》ととり行《おこな》われています。

しかし、※露店《ろてん》は、昭和中頃《しょうわなかごろ》には姿《すがた》を見《み》せて賑《にぎ》わっていましたが、今《いま》では、その姿《すがた》は見《み》られなくなりました。

でも、子《こ》ども相撲《ずもう》と餅《もち》まきは、昔《むかし》から受《う》け継《つ》がれ、※メインイベントになって祭《まつ》りの賑《にぎ》わいが保《たも》たれています。

子《こ》ども相撲《ずもう》は様変《さまが》わりして、行司《ぎょうじ》は、はかま姿《すがた》ではなく今《いま》は洋服《ようふく》を着《き》ています。

また、※近年《きんねん》、※世帯数《せたいすう》の減少《げんしょう》に伴《ともな》い、地区《ちく》の子供《こども》の数《かず》が減《へ》ってきているため、昔《むかし》は、男《おとこ》の子《こ》だけが相撲《すもう》をとっていましたが、今《いま》は、男《おとこ》の子《こ》も女《おんな》の子《こ》も参加《さんか》できるように変《か》わりました。

そんなことから、もっと気軽《きがる》に相撲《すもう》を楽《たの》しめるように、子供《こども》たちには、洋服《ようふく》を着《き》たまま、裸足《はだし》で相撲《すもう》をとらせています。

また、秋祭《あきまつ》りに訪《おとず》れた地区《ちく》以外《いがい》の子供《こども》たちも、相撲《すもう》に参加《さんか》できるようになり

脈々《みゃくみゃく》＝続《つづ》いて絶《た》えないさま
露店《ろてん》＝道《みち》ばたに物品《ぶっぴん》をひろげて売《う》る店《みせ》
メインイベント＝主《おも》な催《もよお》し
近年《きんねん》＝最近《さいきん》の数年間《すうねんかん》。近《ちか》ごろ
世帯数《せたいすう》の減少《げんしょう》＝一家族《いちかぞく》の家《いえ》の数《かず》が少《すく》なくなる

ました。

地域《ちいき》の※活性化《かっせいか》が叫《さけ》ばれている現在《げんざい》において、この※伝統的《でんとうてき》な秋祭《あきまつ》りは、黒《くろ》石地区《いしちく》の活性化《かっせいか》のために、とても重要《じゅうよう》な役割《やくわり》を果《は》たしています。

二〇一八年《にせんじゅうはちねん》記述《きじゅつ》

参考文献《さんこうぶんけん》　一部文章引用《いちぶぶんしょういんよう》

『兵庫県《ひょうごけん》の地名《ちめい》　1』

『民俗資料《みんぞくしりょう》　今田村誌稿《こんだむらしこう》』

『今田町史《こんだちょうし》』

『神社《じんじゃ》とお寺《てら》がわかる事典《じてん》』

活性化《かっせいか》＝生《い》き生《い》きとさせること

伝統《でんとう》＝昔《むかし》から受《う》け伝《つた》えられてきたことがら、また受《う》け継《つ》ぐこと

ゆめこシリーズ　イラスト集《しゅう》

かえるの宮《みや》さん

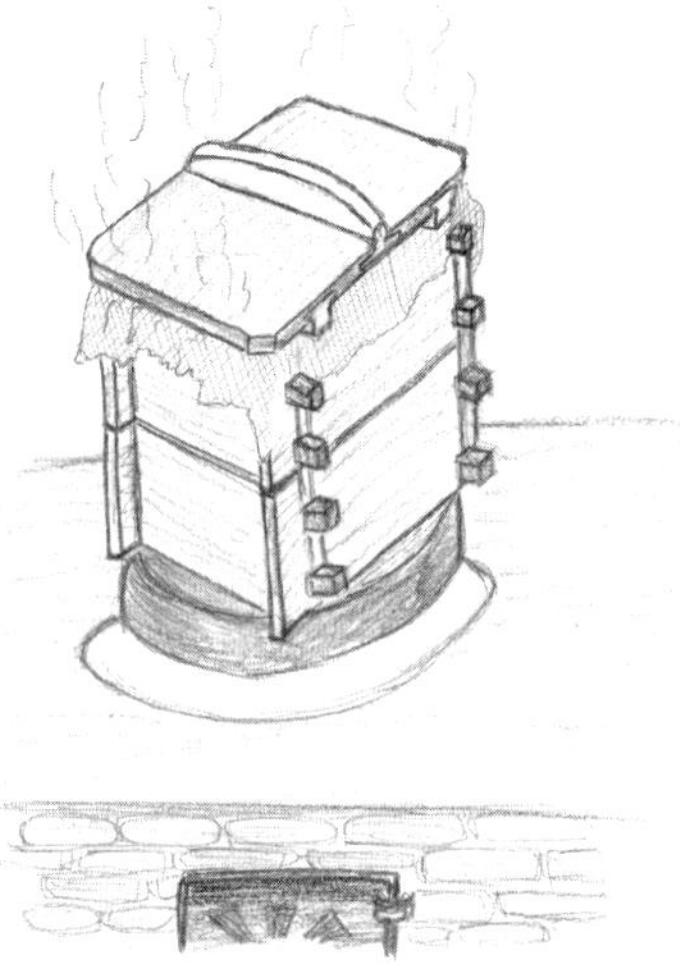

かえるの宮《みや》さん

空《そら》を飛《と》べなかった
ツバメ

空《そら》を飛《と》べなかったツバメ

ゆめこシリーズ　イラスト

空《そら》を飛《と》べなかったツバメ

空《そら》を飛《と》べなかったツバメ

ゆめこシリーズ　イラスト

空《そら》を飛《と》べなかったツバメ

空《そら》を飛《と》べなかったツバメ

空《そら》を飛《と》べなかったツバメ

ほっこりするね

ゆめこシリーズ　イラスト

にわとりのトトちゃんココちゃん

小学校《しょうがっこう》の分校《ぶんこう》にいる三才児《さんさいじ》

お母《かあ》さん代《が》わりの二人《ふたり》

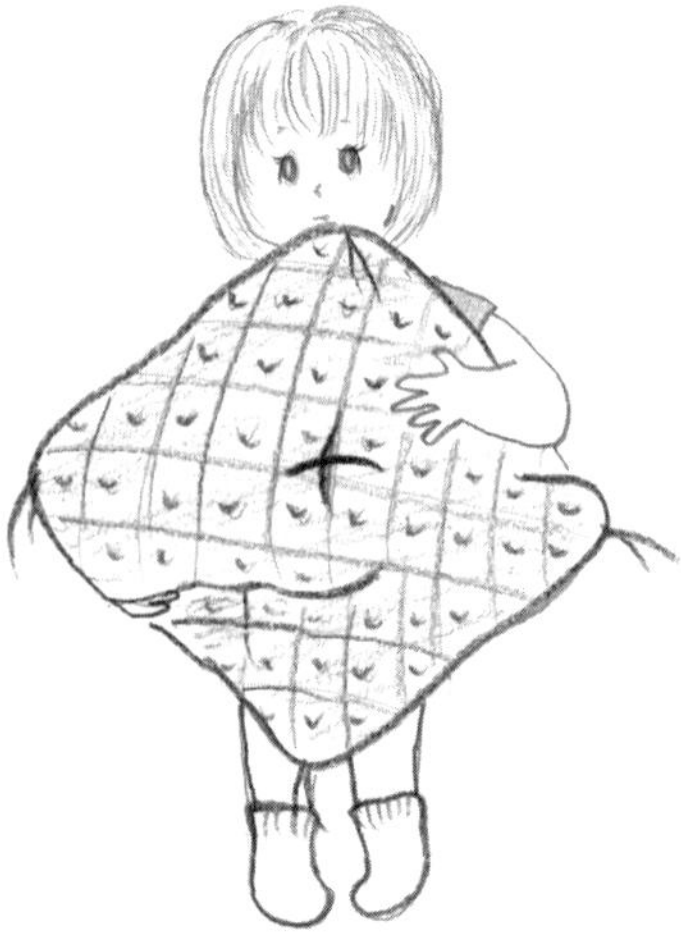

お盆《ぼん》のお客様《きゃくさま》

せいもん払《ばら》い

保育園《ほいくえん》の参観日《さんかんび》

猫《ねこ》のタマ

水汲《みずく》みとお茶《ちゃ》わん洗《あら》い

台風《たいふう》がやってきた！

お母《かあ》さんは何《なん》でも屋《や》さん

お母《かあ》さん代《が》わりの二人《ふたり》

捨《す》て犬《いぬ》マリーの物語《ものがたり》

鳴《な》きかたを知《し》らない
モカとミル

ゆめこシリーズ　イラスト

今田《こんだ》 中学校《ちゅうがっこう》の思《おも》い出《で》

ゆめこ一才《いっさい》の記憶《きおく》

読者《どくしゃ》のみなさまへ

『ゆめこシリーズ　想《おも》い出《で》の走馬燈《そうまとう》』を手《て》に取《と》っていただいてありがとうございます。

この本《ほん》の※執筆《しっぴつ》にあたり、思《おも》いを綴《つづ》らせていただきます。

この物語《ものがたり》は、私《わたし》の幼《おさな》い頃《ころ》の記憶《きおく》が基《もと》になりました。

私《わたし》は幼《おさな》い頃《ころ》、母《はは》が疲《つか》れた体《からだ》を横《よこ》にし、潰《つぶ》れるように眠《ねむ》っている姿《すがた》を見《み》て、母《はは》のそばに寄《よ》り添《そ》って、添《そ》い寝《ね》した記憶《きおく》が※鮮明《せんめい》に残《のこ》っています。

母《はは》はいつも忙《いそが》しく働《はたら》いていたので、眠《ねむ》っている時《とき》の母《はは》のそばにいられることが私《わたし》はとても幸《しあわ》せでした。

母《はは》は私《わたし》が体《からだ》をくっつけていると、※寝《ね》ぼけ眼《まなこ》で私《わたし》に腕枕《うでまくら》をしてくれました。

私《わたし》は母《はは》の腕枕《うでまくら》で横《よこ》たわり、母《はは》の匂《にお》いに包《つつ》まれて、いろいろなことを※瞑想《めいそう》し

執筆《しっぴつ》＝文章《ぶんしょう》を書《か》くこと
鮮明《せんめい》＝はっきりしていること
寝《ね》ぼけ眼《まなこ》＝寝《ね》ぼけた目《め》
瞑想《めいそう》＝静《しず》かに目《め》を閉《と》じて考《かんが》えること、思《おも》いをめぐらすこと

ながら、母《はは》とくっついていられる時間《じかん》を大事《だいじ》にしました。

でも、母《はは》が昼間《ひるま》に眠《ねむ》る時間《じかん》は、僅《わず》か十分《じゅっぷん》足《た》らずでした。

母《はは》は十分《じゅっぷん》ぐらい経《た》つと、急《きゅう》に飛《と》び起《お》きて、

「えらいこっちゃ！　今《いま》、何時《なんじ》や！」と叫《さけ》ぶのです。

そして、私《わたし》の腕枕《うでまくら》を外《はず》して、いそいそと外《そと》へ出《で》て仕事《しごと》に取《と》り掛《か》かりました。

そんな母《はは》を私《わたし》は追《お》いかけました。そして母《はは》の仕事《しごと》の様子《ようす》をそばでじっと見《み》ていることが多《おお》かったのです。

私《わたし》は勉強《べんきょう》をしないといけないとは思《おも》っていても、甘《あま》えん坊《ぼう》だったので、母《はは》が会社以外《かいしゃいがい》で働《はたら》いている時間《じかん》は決《き》まって母《はは》のそばにいました。

学校《がっこう》の勉強《べんきょう》は※そっちのけでも、母《はは》は私《わたし》を叱《しか》りませんでした。

だから、私《わたし》はそれをいいことにして、学校《がっこう》が休《やす》みの日《ひ》には、※四六時中《しろくじちゅう》、母《はは》のそばにくっついていました。

そんな私《わたし》は、※片時《かたとき》も怠《なま》けないでひたすら働《はたら》く母《はは》の姿《すがた》を見《み》て、何事《なにごと》にも真面《まじ》

そっちのけ＝まったく考《かんが》えに入《い》れてないこと
四六時中《しろくじちゅう》＝いつも。常《つね》に
片時《かたとき》＝ちょっとの間《あいだ》
凜《りん》とした＝力強《ちからづよ》さや意志《いし》の強《つよ》さが感《かん》じられて、頼《たよ》りがいがあること

目《め》に取《と》り組《く》み、努力《どりょく》することの大切《たいせつ》さを母《はは》から学《まな》びました。

母《はは》は毎日《まいにち》、寝《ね》る間《ま》も惜《お》しんで身《み》を粉《こ》にして働《はたら》いていました。

その姿《すがた》は、竹《たけ》のように※凜《りん》としていました。

母《はは》は、一生懸命《いっしょうけんめい》に働《はたら》くことで※英知《えいち》を養《やしな》い、家族《かぞく》と共《とも》に生《い》きていく※活力《かつりょく》に変《か》えていったのだと思《おも》います。

そんな母《はは》も、七十九才《ななじゅうきゅうさい》でこの世《よ》を去《さ》りました。

私《わたし》は、母《はは》の頑張《がんば》った姿《すがた》を、我《わ》が子《こ》やたくさんの人《ひと》に知《し》ってもらえたら、それが※亡《な》き母《はは》への※恩返《おんがえ》しになると思《おも》っています。

この『想《おも》い出《で》の走馬燈《そうまとう》』の物語《ものがたり》をたくさんの人《ひと》に知《し》ってもらって、誰《だれ》かを励《はげ》ますことができたら嬉《うれ》しいです。

現在《げんざい》、※核家族化《かくかぞくか》が進《すす》み、※人間関係《にんげんかんけい》の希薄化《きはくか》が、さまざまな社会問題《しゃかいもんだい》を引《ひ》

英知《えいち》を養《やしな》う＝高《たか》い知性《ちせい》を手《て》に入《い》れる努力《どりょく》をする
活力《かつりょく》＝活動《かつどう》する力《ちから》　亡《な》き母《はは》＝死《し》んでしまった母《はは》
恩返《おんがえ》し＝愛情《あいじょう》をもって育《そだ》ててくれた母《はは》に対《たい》してそれにふさわしいことを返《かえ》すこと
核家族化《かくかぞくか》＝祖父母《そふぼ》のいない両親《りょうしん》とその子《こ》どもからなる家族《かぞく》
人間関係《にんげんかんけい》の希薄化《きはくか》＝人《ひと》と人《ひと》とのつながりがなくなっていくこと

き起《お》こしています。

そんな中《なか》、今《いま》の子《こ》どもたちに古《ふる》き良《よ》き習慣《しゅうかん》や心《こころ》のふれあいをこの物語《ものがたり》を通《とお》して感《かん》じてもらい、何《なに》か大切《たいせつ》なものに気《き》づいてもらえたらと思《おも》っています。

著者《ちょしゃ》　藤本順子《ふじもとじゅんこ》

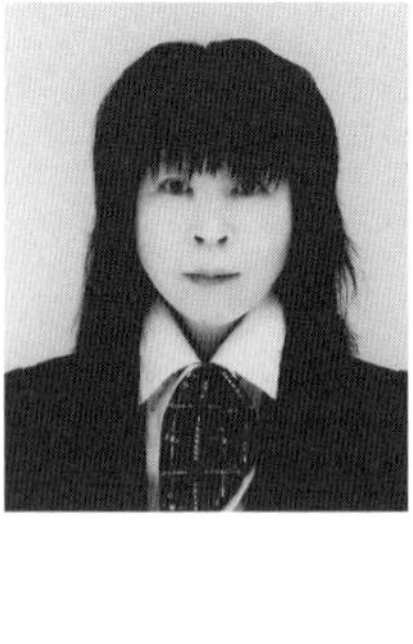

著者プロフィール

ふじもと じゅんこ　文・絵・朗読

1957年兵庫県多紀郡今田町（現・丹波篠山市）生まれ
兵庫県立篠山産業高校卒業
関西相互銀行（現・関西みらい銀行）勤続4年

■著書
絵本『空を飛べなかったツバメ』（神戸新聞総合出版センター）
『ほっこりするね』（文芸社）

ゆめこシリーズ　想《おも》い出《で》の走馬燈《そうまとう》

2021年4月15日　初版第1刷発行

文・絵・朗読　ふじもと じゅんこ
発行者　瓜谷 綱延
発行所　株式会社文芸社
〒160-0022 東京都新宿区新宿1－10－1
電話 03-5369-3060（代表）
03-5369-2299（販売）

印刷所　図書印刷株式会社

ISBN978-4-286-22311-7